# 夜叉王の最愛
## ～虐げられた治癒の乙女は溺愛される～

マチバリ

富士見Ｌ文庫

# 目次

contents

# 一章　退魔師一家の汚点

蛇口からとうとうと流れ出る水が、昨日よりわずかに冷たい。たらいの水面が光り、憂鬱な表情の明彩《めい》を映し出している。

つい先日まで夏の名残をとどめていた朝の日差しが、ずいぶんと弱くなった。

今はまだいいが、あと数週間もすれば、この時間に炊事場に立つのは苦痛でしかなくなるだろう。

「はぁ」

ひとりでにこぼれてしまった溜息《ためいき》に、明彩は慌てて口を両手で塞ぐ。

急いで周囲を見回すが、幸いなことに早朝の台所にはまだ誰も来ていない。

――よかった。溜息なんて聞かれたら、また何を言われるか。

暗い、陰気、無能、役立たず、おちこぼれ。

幼い頃から浴びせられ続けてきた罵倒の言葉や、酷《ひど》い扱いにはまだ慣れない。

早朝から家中の掃除や洗濯をするのは当然のことで、真冬であっても井戸で汲《く》んだ水を使うことを強要された。毎日家中を磨き上げておかなければ、使えないと溜息をつかれる。

少しでも認められたくて必死に頑張った時期もあった。美味《おい》しいものを食べてほしいからと張り切って料理を作ったり、敷布《しきふ》を洗って交換したりと思い付く限りのことをした日もあった。だが。

『今日はこれが食べたい気分じゃないんだ。どうせ作るなら、もっとさっぱりしたものを作れよ』

『余計な洗い物をする時間があるなら、着物の陰干しをしなさいよ。夏が来る前には終わらせておきなさいと言っておいたでしょう』

母をはじめとする家族は明彩の成果を褒めることはない。足りない、気がきかないと、できていないことばかりを指摘して、だから駄目だと明彩をなじる。

高校生になったばかりのときのことだ。近所の神社で開かれている夏祭りに行きたいと両親に懇願したことがあった。同級生の女の子たちが遊びに行く相談をしているのを聞いたのだ。お小遣いなどいらないから、少しでもいいから見に行きたいと明彩は訴えた。

誰が夕食を作るのだと顔をしかめられたので、必ず全部終わらせるからと明彩は必死に約束した。

だったらいいと言ってもらえたその日、めったに外の人を招かない両親が、近所の人を集めて宴会を始めたのだ。明彩は、休む間もなく食事を作らされ、全てが終わって外に出たときには神社の灯《あか》りは消えていた。

『お前は本当に愚図ね。せっかく出かけてよいと言ったのに』

まるでゴミを見るような目で明彩を見つめ、さぁ傷つけてやろうという悪意を込めてぶつけられる言葉に、涙すら出なかった。

今日までの日々を思い出すだけで心臓が締め付けられるように苦しい。どうして私ばかり、という気持ちはとうに抱かなくなった。今の明彩を満たすのは諦めと惨めさだけだ。

たらいの水面に、泣きそうに歪《ゆが》む自分の顔が映る。

重く見える黒髪に、日に焼けにくいぼんやりとした白い肌。少し眦《まなじり》のたれた目元は弱々しくて見ていると嫌になるとよく言われた。

肉付きの薄い身体《からだ》を包む紺色のワンピースは、もう何年も着ているものだ。ほつれた裾を何度も直しているせいで、よく見るとずいぶんみすぼらしい。

白いエプロンとゴム紐《ひも》で長い髪を一つに結んだ姿は、年頃の娘にしてはあまりにも質素に見えることだろう。

十八歳になるというのに化粧の一つも許されないし、自分で服を買うお金すら持たされていないのだから地味な装いになるのは当然だろう。母や親類のおさがりか、自分で古着をほどいて手作りしたものばかり着ている。

──急がなきゃ。

この家では、明彩が家内にまつわるあらゆる役目をこなしている。

食事の支度に掃除洗濯。お金を持たせると余計なことをしかねないからと、買い出しだけは任されていないが、それ以外のおおよそ「家事」と呼べる作業は全て明彩の仕事だ。

明彩が小さな頃はお手伝いさんらしき人もいたが、いつの間にか誰もいなくなっていた。

学校以外では屋敷《やしき》の外に出ることすら許されない青春時代だった。

昨年、高校を卒業してからは、一度も外へ続く門をくぐっていない。

自由への憧れはある。この家に生まれなければという夢を見たこともあった。でも、今はそんな気力すら残っていなかった。

──ご飯は炊けたし、お汁ものはできた。あとは卵焼きを作って……。

頭の中で献立を組み立てながら手を動かしていく。

誰か起きてくる前に仕事を済ませてここを離れることが、明彩にできる最善だ。もし誰かに遭遇すればまた何を言われるかわかったものではない。

難癖をつけられ、足止めをされればあとの仕事に差し障りができてしまう。

考え事をしていたせいで、いつもより時間を取られてしまったと焦りながら食器を運ぶ。

「まだ支度が終わっていないのか。姉さんは相変わらず愚図だな」

あとは箸を並べるだけというところで、背後からかけられた声に明彩は小さく息を呑《の》む。

「おはよう、壱於《いお》」

ゆっくりと振り返れば、弟の壱於が柱にもたれかかるように立ったまま明彩を見つめていた。耳がわずかに隠れるほどに伸ばされた髪をさらりと揺らしながら、壱於は不愉快そうに目を細める。どこか苛立《いらだ》った表情と張り詰めた雰囲気に、酷く機嫌が悪いのが伝わってくる。

「おはようございます、だろう？　僕にそんな口をきくなんて姉さんはそんなに偉いの？」

「ご、ごめんなさい」

ほぼ反射のように明彩は謝罪を口にし、壱於に向かって頭を下げた。

一つ違いの弟である壱於は、明彩とは違い家族からとても大切にされている。いずれは家業を継いで、この家を背負《しょ》って立《た》つという期待をかけられていることもあり、明彩よりもずっと立場が上だ。

逆らうことも口答えすることも許されない。

それでも、明彩にとって壱於は大切な弟だ。

――壱於、また痩せたみたい。

壱於は幼い頃から肉の付きにくい体質で、忙しさから食べることがおざなりになるとすぐに体重を落としてしまう。数日前よりもほんの少し肉のそげた弟の顔に、明彩は胸を押さえた。

「先に食べておく？　今なら……」

「いい。姉さんの顔を見たら食事をする気が失《う》せた」

「そんな。少しは食べないと」

追いすがるように伸ばした腕は、壱於によって乱暴に弾《はじ》かれた。

「触るな」

冷たい拒絶の声に、気力が急激に奪われていき明彩は立ちすくむ。

「ん？　なにそれ。姉さんのくせに、花なんて付けて」

「あっ！」

壱於の手が、明彩の髪を結んでいた紐に伸びる。

小さな花飾りは端布《はぎれ》を使って手慰みに作ったもので、青く可愛《かわい》らしい見た目が気に入っていた。

ぷつりと嫌な音を立てて花飾りがむしり取られる。

「うわダサ……姉さんは自分が西須央《にしすおう》の人間だっていう自覚が足りないんじゃない？」

「ごめん、なさい」

装飾品の一つも買うことが許されていない明彩にとっては、精一杯のおしゃれだったが、壱於には不愉快なだけだったらしい。

奪われた花は壱於の手のひらでぐしゃりと握りつぶされていた。もう、戻ってくることはないのだろう。

「すぐに出ていきますから、何か食べてください」

こちらを見ようともしない壱於に頭を下げ、明彩は静かに台所から出ていく。

箸を並べていなかったことで、あとから小言を投げつけられる可能性はあったが、壱於が食事を抜くよりはずっとましに思えた。

長い廊下を早足で進んでいると、前方から若い男性の集団が歩いてくるのが見える。

しまったと思いながら急いで壁を背にするようにして彼らをよければ、すれ違いざまに舌打ちの音が聞こえた。

「チッ、朝から羅刹《らせつ》に会っちまった。縁起が悪いぜ」

苛立たしげな声に、明彩は身体を縮こまらせる。

続けて何か言われるのかと身構えていたが、彼らはどうやら急いでいるらしい。

「早く道場に行かないとまたどやされるぞ」

「坊ちゃんが朝から張り切ってるせいで俺たちまでとばっちりだ」

どこか億劫《おっくう》そうに語らいながら、彼らは北奥にある道場の方へ消えていった。

足音が完全に聞こえなくなるまでその場で固まっていた明彩だったが、誰の気配も感じなくなったことを確認してからようやく詰めていた息を吐いた。

――壱於は朝から道場に行っていたのね。

彼らの言葉から、壱於が朝から殺気立っていた理由を悟り、明彩は小さく溜息を吐き出した。

屋敷の北奥にある道場は、この家に暮らす退魔師たちの練習場になっている。

退魔師とは、その名の通り『魔』を退ける仕事を生業《なりわい》とする職業だ。退魔師にとっての魔とは怪異と呼ばれる存在。

常人は知らないことだが、この世界には『異界』と呼ばれるもう一つの世界が存在している。

そちら側では人とは違う理《ことわり》の下に生きる異形たちが暮らしている。

基本、彼らはこちら側に無関心だが、希《まれ》に間違ってこの世界に紛れ込んでくることがあった。凶悪な本性をもった彼らは、無邪気に害をなす。退魔の一族は、そんな存在をひとまとめにして『怪異』と呼んでいた。

明彩は、そんな退魔師の名門である須央《すおう》一族の娘だ。

須央家は直系が当主を務める本家の他に、傍系が当主となっている分家が存在する。

明彩が生まれたのは西地区を管轄する分家で、一族からは『西須央』と呼ばれていた。

西に出現する怪異の多くは、人語を理解せぬ弱い獣型が多く、退魔にそこまで強い力を必要としない。

そのため、西須央は長年目立った功績を得られておらず一族の中でも地位が低い。

当主である明彩の父は、なんとかして西須央を本家や他の分家に認めさせようとやっきになっており、門下の退魔師や血族たちにとても厳しい。

少しでも仕事でミスをすれば厳しい叱責や、処罰が待っている。

西須央の屋敷はいつもどこか緊張した空気が張り詰めていた。

跡取りである壱於は、退魔師としての素質とセンスに溢《あふ》れており、その才能は西須央歴代の退魔師たちの中でもトップクラスだという。

父は、壱於の存在こそが西須央をもり立て、いずれは本家にすら取って代われると信じているのだ。そのため、壱於は幼い頃から厳しい訓練を課せられ、成人退魔師としての儀式を終えていないにもかかわらず、すでに実践にもかり出されていた。

壱於は父の期待に応えようといつも必死だ。

この屋敷に暮らす先ほどの男性たちのような若い退魔師たちは、いつも壱於と比べられ苛立っている。

だから、余計に明彩への態度が苛烈なものになっているように思う。

——好きで、羅刹に生まれたわけではないのに。

彼らにぶつけられた言葉が、耳の奥でこだまする。

羅刹。それは退魔師にとって最も忌み嫌われている、凶日の名称だ。

その日ばかりはどんなに力の強い退魔師でも弱体化し、その逆に怪異が強い力を持つ。

数十年に一度の羅刹には、全国の退魔師たちが前もって一堂に会し、強力な結界を作り上げておいて、怪異たちが暴れるのを押さえ込むことが約束されているほどだ。

明彩は、そんな羅刹の日に生を受けた。

退魔師に生まれた子は、すぐにどんな力を持っているかを調べられる。その能力に見合った教育を受けさせるためだ。

明彩の両親は、ようやく生まれた我が子に期待していたという。いずれ西須央を背負う立派な跡取りになってくれるだろうと。

だが、明彩が生まれ持った力は退魔師としては許されざるものだった。

「……い、明彩！」

「っ、はい、ここに！」

暗い記憶の海に沈みかけていた明彩を、ヒステリックな声が呼ぶ。

「こんなところで何をしているのですか！」

慌てて返事をすれば、廊下の向こうから母である小百合《さゆり》が走り寄ってくるのが見えた。

年の頃はすでに四十を過ぎたというのに、息を呑むほどに艶《あで》やかで華やかな顔立ちの母は、壱於によく似ている。

「ごめんなさい」

「謝ればいいというものではありません。ずっと探していたのですよ。見つけたのが私であったからよかったものの、もしお父様だったらどうなっていたか」

「はい……」

「ああ、本当に手がかかる。いい？　人に迷惑をかけないで。できることだけしなさい」

「はい」

「……まったく、嫌になるほど暗い子ね。せっかく命がけで産んであげたのに、役に立たないどころか気もきかないなんて」

まくし立てるように喋《しゃべ》る小百合の言葉に、明彩は無心で頷《うなず》きながら返事をする。

それ以外の反応を見せれば、この十倍では済まないほどに叱責を受けるからだ。

小百合は、明彩を産んだことを本気で後悔しているらしい。

今のように『せっかく命がけで産んだのに』という言葉を聞かされたのは一度や二度ではない。

「あなたが無能であればあるほど、あなたを産んだ私の評価まで下がるの。私のことを思うなら、もう少しましな働きをしなさい。そうすればお父様だって少しはあなたへの態度を改めてくれるかもしれないのだから。わかった？」

「はい、お母様」

小百合は、自分だけが明彩を案じていると思い込んでいる。

辛辣な言葉や態度は、明彩を正しく導き守るためだと疑ってすらいない。

「全部、あなたのためなんですからね」

言いたいことを言い尽くしたのか、小百合はすっきりとした表情を浮かべる。

「あの……」

「何？」

「それで、お母様はどうして私をお探しだったのですか？」

普段、この時間に小百合が明彩を探すことはほとんどない。小百合は退魔師としては力が弱いが、物怖《ものお》じしない性格と華やかな見た目を活用し、護符やお守りなど、一般向けに作られた商品を販売する対面の仕事を請け負っており、何かと忙しい人なのだ。

「ああ、そうだったわ」

思い出した、と小百合が手を叩《たた》く。

「どうも壱於がやりすぎてしまったらしくて、若い子たちが練習ができないと言ってきたの。道場に行っていつものように治してきて」

まるで玄関の掃除を言いつけるような気軽な口調に、明彩は小さく拳を握りしめる。

「早くしてね。壱於もまた訓練したいそうだから」

そこまで言うと、小百合はさっと背を向けてその場から走り去ってしまった。

きっと壱於を構い倒すのだろう。明彩と違い、優秀な退魔師への未来が約束されている壱於を小百合は目の中に入れても痛くないほどに可愛がっている。

幼い頃はそれが羨ましいと思っていた明彩だったが、小百合の態度は玩具《おもちゃ》に接する少女のようなものだと気がついてからは、諦めがついた。

明彩は、小百合にとっては最初から壊れている玩具なのだ。

視線を床に落としたまま立ち尽くしていた明彩だったが、何かを振り切るように小さく首を振り、重い足取りで命じられるままに道場に向かったのだった。

道場に入ると、果物が腐ったような甘くすえた臭いが充満していた。

――酷い。

床に累々と倒れているのは、小動物だったり植物の姿をした弱い怪異たちだ。彼らは若い退魔師たちの練習台としてここに閉じ込められている。

術や暴力で虐げられている彼らの姿は、思わず目を背けてしまうほどに悲惨なものだった。何度見ても、慣れないほどにむごたらしい。常人ならば、目を背け、逃げ出してしまうだろう。

――どうして。

まるで自分が虐げられたような気持ちになりながら、明彩は勇気を振り絞って彼らの傍《そば》に寄る。飛び散った体液から漂う腐臭に、生理的な涙がにじむ。

半分ほど身体《からだ》が削れた灰色の毛玉を、明彩はためらうことなく両手ですくい上げ、自分の膝に乗せた。わずかに伝わってくる鼓動に、ほっと息を吐く。

「ごめんね」

いたわるようにその毛並みを撫《な》でながら、明彩は手のひらに力を込める。

真夏に空を泳ぐ蛍のような淡い光がほわりと灯《とも》った。

「すぐに痛くなくなるからね」

光を浴びた毛玉は、ぶるぶると小さく身じろぎすると、先ほどまでが嘘《うそ》のように生き生きとした動きでぴょんぴょんと跳ね回りはじめた。

「ああ、よかった。もう痛くない？」

何かを伝えようとしてくれていることだけはわかるが、彼らは言葉を持たぬ故に意思疎通はできないのだ。

「みんなもすぐに治してあげるからね」

声をかけながら、明彩は倒れている怪異たちの間を動き回った。手足を失ったもの。呼吸すらできないほどに痛めつけられていたもの。だが、明彩が力を使えばものの数分で回復し、嬉《うれ》しそうに明彩の膝や手のひらにすり寄ってくる。

「ふふ……くすぐったいわ」

目元をほころばせながら、明彩は優しく彼らを撫でた。

明彩が生まれ持ったのは、退魔師としては異端すぎる「治癒」の力だった。それも、怪異だけを癒やす力。

羅刹の日に生まれたせいで本来の力が反転してしまったのだ。

怪異を倒すために戦う一族だというのに、逆に癒やすなどあり得ない。もし外に知られれば、西須央の名は地に落ちる。

だから両親は、明彩を屋敷《やしき》に閉じ込めた。

弟である壱於はいつだって両親の間に座り、その寵愛《ちょうあい》を一身に受けていたというのに、明彩はいつだって末席で日陰の身。

幼い頃は慕ってくれていた壱於も、いつの間にか周囲と同じように明彩を見下すようになった。一緒に過ごすことを嫌がり、話しかけようものなら憎々しげに睨《にら》み付《つ》けられる。

事情を知る門下の退魔師たちからは、生まれた日になぞらえて『羅刹』と侮蔑めいた呼び方をされている。

抗《あらが》わなかったわけではない。他にも何かできないかと必死で努力だってした。

だが、明彩が使える力は怪異を癒やすことだけだった。

皮肉なことに、明彩の力は驚くほどに強い。数人の退魔師たちが数時間かけて消滅寸前まで追い込んだ怪異すら、一瞬で元に戻してしまう。

その怪異は本家に生きたまま送り届けなければいけないものだったため、ほんの少しだけ回復させろと父が明彩に治癒を命じたのだ。

力をまともに使ったことがなかった明彩は加減がわからず、怪異を癒やしすぎてしまった。回復した怪異は、あっという間に逃げ去ってしまった。

奇跡とも呼べる所業に呆然《ぼうぜん》としていた父や退魔師たちは、我に返った途端、激高し明彩を責め立てた。そのときの恐怖を、明彩は今でも覚えている。だから、もう二度とこの力は使わないと、一度は決めたのに。

全ての治療を終えた明彩は静かに立ち上がると、元気になった怪異たちをぐるりと見回す。そして最初に癒やした毛玉を優しく抱え上げた。ここに来て数ヶ月ほど経《た》つこの毛玉は、人間に害をなすような力など何も持っていない弱い怪異だ。せいぜい人混みをすり抜け、通行人を驚かせることしかできない。

「今日はあなた。ごめんね、長い間苦しかったよね」

明彩の手のひらで、小さな毛玉はぐずるように身をよじる。

「他のみんなも、今度また逃がしてあげるから。待ってて」

そう言うと、明彩は毛玉をポケットに押し込んだ。

不思議なもので、大人の拳ほどもあった毛玉はポケットの中で紙切れ一枚ほどの大きさに萎《しぼ》んでくれる。

他の怪異たちは騒ぐでもなく、じっと明彩を見つめ、それから道場の隅に身を寄せた。

退魔師たちが訓練に戻ってくるまでの間、少しでも身体を休めておくのだろう。

その痛ましい姿から目をそらし、自分の無力さを噛《か》みしめながら、明彩は道場の外へと逃げるように走り出た。

誰にも気づかれないように裏庭まで来ると、明彩はポケットから毛玉を取り出す。

「お逃げ。二度とつかまらないようにね」

地面に降ろされた毛玉は名残惜しそうに明彩の手に身体を押しつけると、すぐさま茂みの中へと飛び込んでいく。

しばらく枝葉を揺らす音がしていたが、それもすぐに聞こえなくなった。

そこまで見届けて、明彩はようやく肩の力を抜いた。

——本当にむごい。あの子たちには何の罪もないのに。

本来、人に害をなさない弱い怪異には手出ししてはならない決まりになっている。だというのに、西須央ではわざわざ弱い怪異を捕らえてきては、練習台だといたぶっているのだ。道場の出入り口に術をかけ逃げられないようにして飼い殺しにしていた。

その事実を知ったとき、明彩はあまりの凄惨さにショックで数日寝込んでしまった。あんまりだと、明彩は生まれてはじめて両親に反抗した。あんな酷《ひど》いことはしてはいけない、と。

しかし両親はそんな明彩の言葉を無視した。

それどころか怪異に味方する明彩の態度に怒り、激しい折檻《せっかん》を加えてきた。

『そうだ。そんなにあいつらがかわいそうなら、お前の力で癒やしてやればいい。長持ちもするし、一石二鳥だ』

弱ったままでは獲物にもならないという非道な言葉に、明彩は声すら上げられなかった。以来、明彩の仕事に捕らえられ練習台にされた怪異たちの治療が加わることになった。いたぶられるのをわかっていながら、治療をするしかない自分の無力さが歯がゆく情けなかった。だから、時折こうやってこっそりと逃がしてやっていた。両親や退魔師たちには、治癒の前に命が尽きていたと嘘をついている。

明彩の行いはこれまで一度も露見はしていない。きっとこれからも気づかれることはないだろう。彼らは捕らえている怪異の数すら把握していない。

この毛玉も、本来ならば討伐対象にすらならないのに、退魔師の気まぐれによってここに閉じ込められた、か弱い命だ。

「ごめんね、ごめんね」

こらえきれず、明彩は涙で声を震わせる。

何の罪もない優しい怪異たちにどうしてあんな酷いことができるのか。術をぶつけられ、蹴られ、踏みつけにされ。同じ人間である明彩のことを恨んでもおかしくないのに、怪異たちは癒やしの力を使う明彩を慕い、無邪気に近寄ってきてくれる。

――怪異の方が、ずっと優しい。

退魔師の一族に生まれていながらそんなことを思うのは、間違っているのかもしれない。

西須央の家には、怪異に苦しめられ助けを求めてくる客も多い。本家からの指示以外でもそういった個人的な依頼も請け負っている。

悪意をもった怪異が恐ろしいことは承知している。でも、そうではない怪異もいることを明彩は確かに知っている。小さな怪異は、ただそこに生まれて生きているだけなのだ。

――もう、あれから何年になるかしら。

がらんとした裏庭を見つめ、明彩は昔の記憶を辿《たど》る。


明彩が十歳になったばかりの頃だったろうか。

それこそ、怪異の治療という仕事を任されたのもその頃だ。

今のように冷静に振る舞うことも、感情をうまく押し隠すこともできなかった明彩は、この裏庭で隠れて泣いていることが多かった。

人前で泣けば、さらに酷い言葉をぶつけられるから。

夕暮れ時。膝を抱えてうずくまっていた明彩は、不意に不思議な香りが漂い始めたことに気がつき立ち上がった。

「……ぐ……」

「たいへん！」

先ほどまで誰もいなかった裏庭の片隅に、明彩と同じ年頃の少年が倒れていた。

依頼に来た人の子どもだろうかと慌てて駆け寄れば、その少年は全身傷だらけだった。

着物によく似た服はあちこち破れていてとても痛々しい。

「誰か呼ばなきゃ……きゃっ！」

人を呼ぼうとした明彩の手を、少年が摑《つか》んだ。

「やめろ。死にたくなければ、見ぬ振りをしろ」

「何を……あ」

そこでようやく明彩は、その少年が人でないことに気がついた。

闇夜のような黒い髪は艶《つや》やかで、黄金色の瞳の輝きは息を呑《の》むほどに眩《まぶ》しい。まるで人形のように整った顔立ちは、これまで明彩が会ったどんな人間よりも美しい。すっと通った鼻筋に薄い唇。そこに存在しているのが恐ろしいほどの造形美。

人ではない、と本能で理解した。

数秒遅れて、その証拠に明彩は気がついた。少年の頭には拳ほどの長さの角が生えていたのだ。

「鬼」

ぞわりとうなじの毛が逆立つ。

鬼とは、異界に棲《す》む怪異の中で最も力が強い存在だ。本家の退魔師でも勝てるかどうかわからないほどだと聞かされたことがある。

——どうして鬼が。でも、すごく弱っている。

鬼の子は苦しそうに呼吸を乱しながら、地面に倒れたままだ。明彩の腕を掴む手にはほとんど力がこもっていない。簡単に振り払えてしまう。

もしかしたら西須央の退魔師たちが、したことかもしれない。

鬼が現れたとなれば、たとえ子どもでも討伐対象になってもおかしくない。戦いの中、命からがらここまで逃げてきたのだとしたら。

「っ……」

道場で退魔師たちにいたぶられている怪異たちと、少年が重なる。

そして、皆から虐げられている自分《明彩》とも。

ただそこに生きているだけなのに、どんな扱いをしてもいいと思われているちっぽけな存在。心ない言葉を向けられ、不条理な暴力に晒《さら》され、ただ耐えるしかない。

自分に価値などないと思わなければ生きていけないほどの、絶望だけが世界を染めた。

考えるよりも先に身体《からだ》が動いていた。

「……大丈夫？」

鬼の傍《そば》に膝を突き、おそるおそる声をかけるが返事はない。

しないのではなく、する気力も残っていないのだろう。鬼は小さな身体を丸め、何もかもを諦めたような目をして空中を見ていた。

もし露見すれば、ただでは済まないかもしれない。

「少し、触れるね」

迷いは一瞬だった。明彩は少年の背中に手のひらを押し当て、治癒の力をめいっぱい流し込む。

──っすごい。どんどん吸い取られる。

小さな怪異を癒やすのとは段違いだった。全身から根こそぎ体力を奪われていく。虚脱感に、目眩《めまい》がしたが明彩は手を離さなかった。

痛々しく裂けた肌が瞬きする間に元に戻っていく。殴られ、赤黒く腫れ上がっていた顔や肩も、同じように傷があった痕跡さえわからなくなっていった。

青白かった肌に赤みが差し、鬼がはぁっと安堵《あんど》したような深い息を吐いたのがわかる。

「っぁ……」

ようやく治癒を終えたときには、明彩の全身は汗みずくだった。

倒れていた少年は、自分の身体が治ったことに気がついたらしく、飛ぶように起き上がり自分の身体を不思議そうに確かめている。

「なんだ、何が起こったんだ。お前、何をした」

「……よかった」

流暢《りゅうちょう》に喋《しゃべ》る少年の姿に、明彩は頬をほころばす。

助けられた。安堵で全身から力が抜け、今度は明彩が地面に倒れ込む。

「おい……！」

今度は少年が慌てる番だった。

明彩をしきりに案じ、軽々と持ち上げると裏庭を囲う塀にもたれかからせてくれる。

体格はほとんど変わらないのに、力の強さは間違いなく人ではないとわかるのが、不思議な気持ちだった。

「君は、一体何なんだ。退魔師ではないのか」

「……私は、なりそこない、だから」

「なりそこない、って」

困惑する少年の顔は、年の割にどこか大人びているように見えた。

人型の怪異は見た目通りの年齢をしていないことも多いという。もしかしたら、明彩よりずっと年上なのかもしれない。

「早く、逃げた方が、いいわ。誰か来たら大変だから」

裏庭に人が来ることはほとんどないが、少年や仕事をしない明彩を探して誰かが来る可能性はあった。

「あっちに、塀が壊れて小さな穴が空いて、るの。あなたなら、抜け出せるはずだわ」

それは明彩が偶然見つけた抜け穴だった。

屋敷《やしき》を囲う塀には、怪異を阻む術がかけられている。並の怪異では飛び越えることはできない。

しかし、古い塀はもろくなっておりほんの少し内側から力を込めれば出入りできるだけのほころびがあるのだ。

それに気がついたからこそ、明彩はこの裏庭に小さな怪異を逃がしてやっていた。

「君……」

少年は信じられない、という顔で明彩を見つめている。金色の瞳がキラキラと光って、眩しいほどだった。

——本当に、綺麗《きれい》な、子。

少年に言うべき言葉ではないのだろうが、綺麗という言葉しか思い浮かばない。

不意に、またあの不思議な香りが鼻孔をくすぐった。少年の香りなのだろうかと視線で探れば、彼の服の合わせ目から、なにか青光るものが覗《のぞ》いているのが見えた。

「それ……」

「ん、ああ……無事だったのか」

明彩の視線に気がついた少年が、懐から何かを取り出す。それは手のひらに載ってしまうほどの小さな植木鉢だった。土から伸びるのは小指ほどもないひょろりとした細い幹。いくつかの枝と数枚の葉に守られるようにして、ほんのりと青く光る蕾《つぼみ》が一つだけ付いているが、なんとも弱々しい有《あ》り様《さま》だ。

このまま咲かずに枯れてしまうのではないかと心配になってしまう。

「お花……？」

問いかければ少年は静かに頷《うなず》いた。

「俺の母上が大切にしていた花なんだ。持って逃げたが、もう駄目かもしれないな」

落胆と諦めに染まった声に、明彩は眉を下げる。

植木鉢を大切そうに抱える姿に胸が痛んだ。たとえ鬼であっても、親を思う気持ちには何も変わりがないのだと思い知らされる。

──そうだよね。家族なんだもの。

あんなに冷酷な扱いをされていても明彩は両親や壱於を憎みきれないでいる。愛されることは諦めたが、不幸せになれとまでは思えないのだ。肉親の情はそれほどまでに深い。

鬼の態度や口調から、彼が母親を慕っていたのが伝わってくる。それほどに情を注いでいたのならば、形見への思い入れは深くて当たり前だ。

「……それ、異界の花なの？」

「異界……そうだな、君たちから見れば、そうなる」

「少し、触ってもいい？」

少年がぎょっとしたように目を剥《む》いた。触られてなるものかと、植木鉢をぎゅっと抱え込む。

「蕾には触れないわ。もしかしたら、私の力で元気になるかもしれない」

「君の力……」

自分の怪我《けが》を治してもらったことを思い出したのか、少年は黙り込む。そして少しの逡巡《しゅんじゅん》のあと、両腕を伸ばすようにして植木鉢を差し出してきた。

「頼む。大切な、花なんだ」

真剣な表情と言葉に、明彩は深く頷く。そして少年の手に自分の手を重ねるようにして植木鉢を包み込んだ。

先ほど、たくさんの力を使ったが少し休んだおかげで少しだけ余裕がある。

――どうか、この花を助けて。

異界の植物を治せるかどうかなどわからない。それでも、何かをしてあげたかった。

草木を癒やすのははじめてのことだった。弱っているところに強い刺激を与えすぎないように、力を緩やかに流し込んでいく。

鉢植えの土が、わずかに光を帯びた。それが緩やかに這《は》い上《あ》がり細い幹を包み込む。今にも折れそうな枝が、幹と共に力強く太くなっていくのがわかった。今にも落ちそうだった葉の葉脈までもが輝きこすれ合う。弱々しく下を向いていた蕾は、みずみずしさを取り戻し、ゆっくりと上を向き始めた。そして。

「あ……」

今にも落ちそうだった蕾が、その姿を変えた。

柔らかく膨らみ、固く閉じきっていた花弁を広げていく。

「きれい」

それは、赤い花だった。ふっくらとした花びらが何重にも重なり、花というよりも宝石のような輝きを放っている。

この世のものとは到底思えない、神秘的な姿に明彩はほぅと息を吐き出した。

「まさか、咲くなんて。もう駄目かと思ったのに」

「よかったね」

明彩は笑顔を浮かべた。

この瞬間だけは、見つかって怒られるという恐怖よりも、この少年と彼にとって大切な花を救えたという気持ちで心が満たされている。

そのとき、遠くで慌ただしい足音が聞こえた。

もしかしたら誰かが少年を探しているのかもしれない。

「早く逃げて」

「でも、君は」

「私はいいの。お花、大切にしてね」

明彩は急いで立ち上がると屋敷の方へと駆け出そうとした。

その腕を、少年がふたたび摑《つか》んで引き留めた。

「これを」

差し出されたのは一枚の花びらだ。それは、先ほど咲いたばかりの花から採られたものだろう。まだみずみずしく、花と同じように赤く光っている。

「君にあげる」

「大切なものなのに、どうして」

ようやく咲いた母親の形見なのに。

「君に、持っていてほしいんだ」

「でも……」

受け取るべきか迷っていると、少年が明彩の手のひらにその花びらを握らせた。

「この花は君がいなければ駄目になっていた。咲いた証《あかし》を、受け取ってくれ」

渡された花びらは、驚くほど軽いのにほんのりとあたたかい。

驚きで固まっている明彩に、少年が優しい笑みを向けた。

「ありがとう」

「え」

これまで誰にもそんな言葉かけてもらったことはなかった。

いつだって仕事をするのが当然。どんなに努力をしても、していなかったことだけを指摘され叱られてばかりだった。

「あ……」

目の奥がじわっと熱を持ち、視界が潤む。なにか返さなければと思うのに、唇が震えてうまく喋れない。

「じゃあ」

少年は、ふたたび植木鉢を懐にしまい込むと、明彩が先に教えた塀の穴からするりと外に抜け出していった。

あまりにも素早い動きだったので、その場に本当に少年がいたのか不安になるほどだ。寂しさのあまり、都合のいい夢を見たのではないか、と。


——あの子、元気にしているかしら。

もらった花びらは翌日には何故《なぜ》か消えてしまっていた。間違いなく手に握りしめていたはずなのに。

異界の植物はこちらでは長く形を保てないのかもしれない。

でも、少年がくれた言葉と、美しい花の姿は今でも明彩の心の中に存在している。

怪異は決して恐ろしいだけの存在ではない。

そう信じるだけの理由が明彩にはあった。

「そろそろ戻らないと、また叱られてしまう」

誰に告げるでもなくそう呟《つぶや》いて、明彩は踵《きびす》を返《かえ》し裏庭を離れた。

台所に戻ると、もう誰もいなかった。食卓の上に置きっぱなしにされた食器を下げ、洗い場で片付ける。机を拭きあげ、床を掃き、全ての片付けを終えれば次は洗濯だ。

急がなければ昼食の時間が来てしまうと、明彩は無心で手を動かす。

そうしていれば、何も考えなくていいとでもいうように。

＊＊＊

あとは寝るだけという時間にもかかわらず、明彩は座敷《ざしき》に呼び出されていた。上座に並んで座るのは両親と壱於だ。顔ぶれだけならば家族水入らずなのだが、部屋の雰囲気にそんなあたたかさは欠片《かけら》もない。

父親である史朗《しろう》は蛇蝎《だかつ》を見るような目で明彩を睨《にら》み付《つ》けているし、小百合は隣に座った壱於の方にしきりに話しかけているが、壱於は相手にしていない。

――一体何ごとだろう。

家族に呼び出されるときは、叱責を受けるときか、無理難題を押しつけられるときくらいのものだ。いい思い出など何一つないこともあり、明彩は早くこの場から出ていきたくて仕方ない。

「壱於が、退魔師選定の儀式を受ける」

まず口を開いたのは史朗だ。

「今度の週末『選別の杜《もり》』に入り、怪異を無事に狩れれば壱於は正式に退魔師として認められるのだ」

史朗が口にした『選別の杜』とは、この屋敷《やしき》の裏手に広がる私有地のことだ。

そこは異界との繋《つな》がりが深く、怪異がふらりと現れることがあり、西須央が管理を任されている。この場所に屋敷が建っているのもそこから怪異が外に出ないようにする意味があった。

退魔師たちは定期的に杜に赴き、人に影響を与えぬように結界を張り巡らせているのだ。道場に捕まっている怪異たちのほとんどはそこで捕らえられてきたと聞いている。

「……はい」

「お前とは違い、壱於は優秀な退魔師となるだろう。この先、この西須央を支えていくのは壱於だからな」

「ええ、そうですとも。頑張るのですよ、壱於」

この話の終着点はどこなのだろうと明彩はぼんやりと意識を飛ばしていた。

彼らにとって大切な子どもは壱於一人だということは、この十八年で散々思い知らされてきた。何故、わざわざ明彩にそれを知らしめる必要があるのだろうか。

「本来ならば、私が同行したいところだが掟《おきて》により親は監察官になることはできない。同行は別の退魔師が行うことになった」

意外な言葉に明彩は目を丸くする。史朗のことだから、てっきり無理を通して壱於に付き添うと思っていたのに。

小百合はその決定が不満なのだろう。眉間に皺《しわ》を寄せ、恨めしげに史朗を睨み付けている。

「あなたも頭が固いわ。壱於に何かあったらどうするのです?」

「心配には及ばん。同行する退魔師は、優秀な者を付ける。何より、壱於が山に出る怪異ごときに後れを取るわけがないだろう」

「それはそうですけれど……」

納得できないのか小百合はまだ不服そうだ。

当事者である壱於は、両親の話には興味がないらしく、ずっと黙ったままだ。

「それで、だ。明彩、お前も儀式に同行しろ」

「えっ!?」

思わず大きな声が出てしまった。

「私が、ですか？」

驚くどころではない。これまで明彩は退魔師としての訓練を何一つしたことがない。本来ならば受けるはずの基礎的な練習すら参加させてもらえなかったこともあり、退魔に関する知識はまったくない。付き添ったところで何の役にも立たないのに。

「そうだ。儀式には監督の退魔師の他に、もう一人付き添いが必要なのだ。通常であれば、本家から人を呼ぶのだが、あちらも忙しいらしく身内でも構わないという返答が来た。力はなくともお前はこの西須央の娘だ。怪異の恐ろしさを一度学んでみるのも悪くないだろう？」

にやり、と口元を歪《ゆが》めた史朗の表情に、明彩は彼らがどんな意図を持ってこの話を進めようとしているのかを悟る。

「姉さんがここでぬくぬくと生きている間に、僕がどれほど苦労しているのかその目で確かめてほしいのさ」

「そうよ。あなたが役立たずなせいで壱於ばかりが苦労をしているのよ。少しは学ぶべきよ」

「少々怖い思いはするだろうが死ぬことはないさ。安心しろ、儀式で何かが起れば本家が保障してくれる決まりだしな」

――私に怪我《けが》をさせたいのね。

じわりと胸に広がる絶望に、明彩は目を伏せた。

儀式は本家の監督下で行われることもあり、もし参加した退魔師が使いものにならなくなれば、その後の人生を保障する仕組みが作られている。史朗たちはそれを狙っているのだろう。壱於の試験に同行した明彩が不運な事故で大怪我をし、退魔師になることができなくなった。そんなシナリオが頭に浮かんだ。

本来ならば退魔師として表に出るべき明彩が働かない正当な理由にもなるし、本家から何かしらの保障を得ることができる。

――この人たちにとって私は、本当に何の価値もない存在なのね。

驚くほどに心が凪《な》いでいく。怒りすらわいてこなかった。散々に踏みにじられた心は、すでにずたぼろだ。一生この屋敷で飼い殺しにされ、朽ちていく自分の姿が目に浮かぶ。

「承知しました」

逆らう気力すらない。たとえ嫌だと言ったところで、両親は納得しない。それどころか、せっかくの役目を断るなんてと言って、明彩を厳しく折檻《せっかん》するに決まっている。無理矢理に引きずられて同行させられるくらいなら、受け入れた方が気持ちが楽だ。

「出立は早朝だ。遅れぬように支度をしておけ」

「はい」

明彩の返答に満足したのか、史朗と小百合はさっさと座敷から出ていった。ほっと息を吐き出しかけた明彩だったが、何故か壱於がまだその場に残っていることに気がつき、動きを止める。

「姉さんはさ、生きてて楽しい？」

じっとりとした壱於の視線に身がすくむ。

「そうやって怯《おび》えて何でもはいはい返事してさ。いいね、簡単で」

「そんな……」

「だってそうじゃないか。父さんや母さんに言われて家の中でせこせこ働いて……ほんと惨めだよね」

「……」

「まあいいよ。僕がもっと認められれば、姉さんも少しは楽ができるかもしれないから、期待して見てればいいさ」

それだけ言うと、壱於はさっと立ち上がり座敷を出ていってしまう。

広い座敷に残された明彩は、深く長い息を吐きながら、にじむ涙がこぼれぬように唇を噛《か》みしめていた。

そして訪れた週末。

怪異が出やすいという夕刻を選んで、杜に入ることになった。

長く歩くことになるので、フード付きの上着とジーンズとスニーカーという出《い》で立《た》ちを選んだ。壱於もまた、明彩と同じように動きやすい服装だ。

道中、明彩と会話をする気はないらしく耳にはイヤホンが挿さっていた。一瞬だけ視線がぶつかるが、すぐにそらされ背中を向けられてしまった。

——壱於、大丈夫かしら。

強い力を持つことから、壱於は幼い頃から両親の期待を一身に背負っている。欲しいものは何でも与えられてはいたが、日常のほとんどを訓練に充てられていたのも事実だ。

明彩とは違った意味で、友人を作ることも俗世に関わる時間もない。

そのことが、少しだけ不憫《ふびん》だと明彩はいつも感じていた。今日の儀式だって、壱於にはまだ少し早いのではないか。

そんな風に考えていると、後ろから穏やかな声がかけられる。

「明彩さん。今日はよろしくおねがいします」

「佐久間《さくま》さん」

振り返れば、そこには中年の男性が立っていた。品のいいスーツに身を包み、白いものが混じった髪を綺麗《きれい》に撫《な》でつけている。

一見すれば普通の男性のようだが、彼は先輩として今回の儀式に付き添ってくれる退魔師だった。

「まさか明彩さんが立会人になるとは驚きました。壱於君が、お願いしたんですか？」

「いえ。両親が」

明彩は慌てて首を振る。

「そうですか。慣れていないと山は大変かもしれません。なるべく私から離れないようにしてください。基本は細い一本道です」

「はい」

わずかに皺の寄った目元を緩ませ、明彩を気遣う佐久間はとても落ち着いた雰囲気をまとっている。

元々は本家の退魔師として活躍していた人材だそうだが、怪我が原因で第一線からは引退。若い退魔師の補佐や裏方として働くようになったという。

そして二年ほど前、表の人々に退魔師を紹介する繋ぎ役として西須央に派遣されてきた。

普段は、屋敷の外に住まいを構えており、依頼人を連れてくる以外では屋敷に来ることはない。明彩とは挨拶を交わすぐらいの間柄だ。

「佐久間さんも、お忙しいのにすみません」

「気になさらないでください。後進を育てるのも、私の仕事ですから」

微笑《ほほえ》みながら佐久間が壱於に視線を向けたのがわかる。

本来ならばこの儀式は現役退魔師が引率すべきところを、史朗が無理を言って佐久間に同行させたと聞いている。

本家と深い繋がりのある佐久間に、壱於の力を見せつけたいのだろう。そんなところには頭の回る史朗の狡猾《こうかつ》さに、明彩は呆《あき》れながらも感心していた。

――でも、佐久間さんでよかった。

いつも冷たい言葉を投げつけていく若い退魔師だったら、息が詰まっていたことだろう。

佐久間は明彩の事情を知らぬこともあり、親切にしてくれる数少ない人だった。

裏庭の勝手口を開け、杜の入り口へと向かう。

佐久間の言葉通り、細い獣道が草むらを割るようにして山の奥へと続いていた。

『ここから先、私有地。立ち入り禁止』

木製の古びた看板に、赤い文字で注意が書かれていた。

間違って人が入ってきたときのために作られたものらしいが、なんとも不気味な雰囲気だ。

――ここが、選別の杜《もり》。

足を踏み入れるのははじめてだった。何度かここまで来たことはあったが、退魔師としての力がない明彩は危険だからと、ずっと禁じられていたのだ。

明るい日差しが照らす光景は、散策する人がいてもおかしくない。

壱於と佐久間は慣れているのか、落ち葉が降り積もっている緩やかな斜面をためらいなく登っていく。

明彩はごくりと唾を飲み込むと、置いていかれないようにとその後に続いた。


「どうなっているんだ！」

苛立《いらだ》った壱於の声が山中にこだまする。

山に入ってすでに二時間は経《た》っただろうか。方々を歩き回り、三人は怪異の痕跡を探した。

「おかしいですね。普段ならば少し歩くだけで何かしらに遭遇するのに」

佐久間も不思議そうに首を捻《ひね》っていた。山には怪異が溢《あふ》れ、奥に進めば進むほどに凶悪なものがうごめいていると聞かされていたのに、そんな雰囲気は欠片《かけら》もなかった。

「強い結界を張りすぎているんじゃないのか!? 今日、僕がここに来ることは事前に通達していたはずだろう」

「ええそのはずですが……おかしいですね」

盛大に舌打ちした壱於が、地面を蹴る。

「一度仕切り直しを……おや？」

佐久間が動きを止め、壱於が蹴り上げた地面に目を向けた。その視線を追えば、壱於が蹴り上げた落ち葉の中から小さな毛玉が転がり出てきた。

「……！」

それは先日、明彩が逃がした怪異だ。ふわふわとした毛玉は壱於と佐久間の圧に気がつき、ぶるぶると震えている。

「無害な雑魚、といったところでしょうか。壱於さんの力を感じて、隠れていたのでしょう」

「くだらない。こんな雑魚……ん？　コイツ……」

毛玉を無視しようとした壱於が動きを止め、その姿に見入っている。

——どうしよう。壱於があの子を覚えていたら。

すでに十分な実力を持つ壱於は滅多に道場には行かないが、この毛玉の存在を知っている可能性はある。

あそこに囚《とら》われている弱い怪異は、討伐に出た先で戯れに囚われてくるものがほとんどだ。壱於が、見つけてきたものである可能性だってある。

「ふうん」

楽しげな声を上げ、壱於が口の端を吊《つ》り上《あ》げる。

「ちょうどいい、肩ならしだ」

「壱於さん？」

「騒ぎを起こせば怪異が寄ってくるかもしれないだろう」

壱於は懐から長い数珠を取り出すと、それを拳に巻き付けた。じわりと周囲の温度が上がり、壱於の身体《からだ》がわずかに発光する。

「いけません。無害な怪異を傷つけることは禁じられています」

佐久間がすかさず、壱於の腕を掴《つか》んだ。西須央で育っていない佐久間にとって、無害な怪異を攻撃するというのは理解できない所業なのだろう。だが、壱於は違う。

「そんなの、この西須央では通用しない」

「壱於さん！」

「怪異は怪異だ。潰したところで何の問題がある！」

摑まれた腕を力尽くで振り払うと、壱於は佐久間の身体を突き飛ばした。まさか壱於がそんなことをするとは思っていなかったのだろう。佐久間はバランスを崩して後方へよろけるように下がった。

その隙に壱於は拳を思い切り振り上げる。

攻撃されそうになったことを悟った毛玉は、その場で大きく跳ねて逃げ出そうとした。

「逃げるな！」

淡く光った壱於の拳が毛玉を追いかける。それが空中をかすめる度に、何かが焦げるような臭いがあたりに充満する。今の壱於の拳は空気を焼くほどの熱を持っているのだ。対象が怪異であれ無機物であれ、望むがままに焼き尽くせる力。

「そらぁ！」

拳が毛玉をかすめた。肉を焼く音と共にこれまで何度も嗅いだ怪異たちの血の臭いが届く。

「駄目よ壱於。そんなことしたら！」

気がついたときには身体が動いていた。毛玉を庇《かば》うように腕を伸ばす。

「邪魔するな！」

「きゃあ！」

だが壱於はそれを許さなかった。数珠が巻かれていない方の腕で、したたかに頬を殴られた明彩は、そのまま地面へと倒れ込んだ。

「明彩さん！」

遠くで佐久間の声が聞こえた。じんと痛む身体と、殴られた衝撃で身動きができない。ゆるゆると顔を上げれば、表情をなくした壱於が静かに明彩を見下ろしていた。心まで凍らせるような冷たい目に、心臓がきゅうっと音を立てる。

「……姉さんは、そこで黙って見てろ！」

「壱於！」

――駄目。その子が何をしたって言うの。

ようやく逃がしてあげられたのに。無力な自分が情けなくて涙がにじむ。

佐久間はもう諦めたのか、冷めた目で壱於の行いを見ていた。止める気は、もうないらしい。

「雑魚が」

獲物をいたぶる獣のような残酷さをにじませ、壱於が追い詰めた毛玉に拳を振り上げる。

「駄目、やめて！　誰か助けて！」

見たくなかった。無力な怪異が傷つけられる姿を。壱於が残虐な行いをするのを。

「何をしている」

「っ……！」

ずん、とその場の空気が突然重くなる。酸素が薄くなったような感覚と共に、明彩は視界が揺らぐのを感じた。

「なん、だ……？」

振り上げていた拳を降ろし、壱於が周囲を見回す。佐久間もまた、異変を察知して身構えていた。

がさりと落ち葉が踏み潰される音が聞こえ、全員が一斉に音がした方へと視線を向ける。

誰かが息を呑《の》む音だけがその場に響いた。

「何をしている、と聞いている」

そこには鬼がいた。

見た目は、壱於よりも一回りほど年上の人間の男性にしか見えない。

だが、艶《つや》やかな黒髪から覗《のぞ》く一対の長い角が、彼がこの世のものではないことを伝えてくる。息を呑むほどに整った顔立ちに目が奪われる。着物に似た濃紺の服をまとう体躯《たいく》はしなやかなのに、圧倒的な存在感があった。

一瞬、明彩の頭をかすめたのはかつて出会った少年の鬼だ。涼しげな目元が似ているような気がしてならない。

——もしかして、あの子？　いいえ、違う。だって。

あの少年の瞳は金色だった。しかし、今目の前にいる鬼の目は夜空のような色をしている。

「な、何故《なぜ》こんなところに鬼が！」

一番に声を上げたのは佐久間だった。経験の差なのだろう。明彩と壱於を庇うように立ちはだかり、鬼と対峙《たいじ》しようとしていた。

「質問しているのはこちらだ。お前たち、何故俺の眷属《けんぞく》を害そうとしたのだ」

「眷属、だと」

「『それ』だ」

鬼が指さしたのは、壱於の足元で震えている毛玉だ。

毛玉は鬼の登場に気がついたらしく、ぴょんとその場で跳ねてからするすると鬼の方へと逃げていく。

「これは存在しているだけの無害なものだ。貴様ら退魔師は、いつからこのような行いをするようになった」

「ぐ……」

空気の濃度が増すのがわかる。佐久間や壱於は立っているのがようやくのように身体を前傾させ、苦しそうな声を上げていた。

不思議と、明彩だけは立てている。鬼にとって明彩は取るに足らない存在だと判断されたのだろうか。

「このような愚かな行いをするとは、見下げたものだ」

冷たい視線に晒《さら》され、明彩は立ちすくむ。鬼の怒りはもっともだろう。あの毛玉はそこに存在していただけで人に危害など加えていない。今しがたのことだけではない、西須央の道場に囚われていた日々を鬼が知ったならば。

――きっと、私たちは無事では済まない。

かつて出会った子どもの鬼ならまだしも、こんなに大きな大人の鬼を佐久間とまだ正式な退魔師ではない壱於でどうにかできるとは思えない。

明彩に至っては何の役にも立てないのは明白だ。できて囮《おとり》か攻撃の盾になるのが精一杯だろう。

「壱於さん、明彩さん、逃げてください。ここは私が……」

苦しげに呻《うめ》きながらも、佐久間が明彩たちを庇うように腕を広げる。

「ふざけるなよ。これは僕の獲物だ」

「壱於さん!?」

守られることが気に食わなかったのか、壱於が大声を上げながら前へと進み出る。歩くだけでも精一杯な動きなのに、その表情に鬼気迫るものがあった。一体何が壱於をそこまでさせるのか、明彩にはわからない。

「鬼を倒したとなれば、箔《はく》が付く。覚悟しろ!」

「無茶ですよ!」

佐久間が慌てて止めようとするが、壱於は聞く耳を持たない。それどころか、制止しようと近づいた佐久間を殴りつけた。

まさか壱於から殴られると思っていなかった佐久間は、その場に倒れ込んでしまう。鬼からのプレッシャーに耐えてきたこともあり、身体がもたなかったのかもしれない。

「佐久間さん!」

駆け寄りたかったが、恐怖ですくんだ身体がうまく動かない。

壱於は佐久間を見下ろして舌打ちすると、すぐさま鬼に向かって身構え、数珠を巻き付けた腕を振り上げ、拳を発光させる。止める間もなく地面を蹴って鬼へと駆け出していた。

「壱於！」

叫ぶ明彩の声に、壱於は振り返らない。振り上げた拳を、毛玉にしたときのように鬼へと叩《たた》き込《こ》もうとする。だが。

「こざかしい」

「なっ!!」

鬼は指先一本で壱於の拳を受け止めた。本来ならば壱於の拳がまとう力で肌が焼けるはずなのに、鬼は何も感じないどころか羽虫を払うかのごとく軽い動きで壱於を跳ね飛ばす。

「うあああああ!!」

宙を舞った壱於の身体は、鈍い音を立てて地面に落ちた。

「壱於！」

恐怖を忘れ、明彩は壱於へと駆け寄る。

「壱於、壱於!!」

力なく倒れた身体に近づけば、呻く声が聞こえ、明彩はほっと息を吐き出す。

「どうして、こんな無茶を……」

どんなに壱於が優秀でも鬼に敵《かな》うわけがないのに。

「っ、うるさい！」

唸《うな》るような叫び声を上げながら壱於が身体を起こす。その顔は蒼白《そうはく》で、恐怖からか全身が小刻みに震えている。

「ほう、まだ立てるのか」

そんな壱於の姿に鬼が薄く笑う。まるで研ぎ澄まされた刃物のような冷たさを孕《はら》んだ笑みに、明彩はひゅっと喉を鳴らした。そして壱於もまた、同じように掠《かす》れた悲鳴を漏らしたのが聞こえてくる。

「せっかく手加減してやったものを。どうやら、貴様は死にたいらしい」

空《くう》を摑《つか》むように伸ばされた鬼の手に、青い光が集まる。それはすぐに炎の形となり、ごうごうと恐ろしい音を立てはじめた。

「ひっ、ひいいい……!!」

憐《あわ》れっぽい悲鳴がその場に響く。それは明彩の口からではなく、隣に立つ壱於から漏れ出たものだった。

「っ、おい、逃げるぞ……!」

ようやく力の差を理解したのか、壱於はその場で踵《きびす》を返《かえ》すと一目散に走り出した。咄嗟《とっさ》に追いかけようとした明彩だったが、倒れたままの佐久間のことを思い出す。

離れていく壱於の背中と、地面に倒れたままの佐久間。

明彩はためらわずに佐久間の方へと駆け出した。

「おい！　何やってんだ！　早く来い！」

「佐久間さんが……！」

「この馬鹿……！　僕は知らないからな!!」

壱於の叫びを無視して、佐久間に駆け寄る。地面に突っ伏した身体《からだ》は動かないが、浅い呼吸音が聞こえてくる。生きている、という安堵《あんど》のあとにこみ上げたのは途方もない恐怖だ。

ここからどうすればいいのだろう。

すでに壱於の声は聞こえない。きっと明彩たちを置いて逃げたのだろう。見捨てられたという考えはあまりなかった。むしろ、懸命な判断だと思う。壱於だけでも逃げられたのなら、十分かもしれない。

「おい」

「……！」

すぐ後ろから声をかけられ、明彩は声にならない悲鳴を上げた。

ぶるぶると身体を震わせながら振り返れば、手が届きそうなほど近くに鬼が立っていた。

「あ……」

叫びたいのに喉が震えて声が出ない。命を奪われる直前の獣はこんな気持ちなのだろうかという考えが頭をよぎった。圧倒的強者から与えられる理不尽な攻撃の予感に、全身から汗が噴き出る。

——きっと、これは罰なんだわ。

罪なき怪異たちに手を差し伸べず、中途半端な助けしかできなかった明彩。きっと天はそんな明彩を許さないと決めたのだろう。

——それも、悪くないかもしれない。

恐怖でこわばっていた身体から力が抜ける。

「……ごめんなさい」

明彩は地面に両手を突くと、深々と頭を下げた。

「あなたの眷属を傷つけたのは、私の弟です。どうか、許してください」

今の明彩にできること。それはこの場の罪を全て被《かぶ》ることだ。

壱於には西須央をしょって立つという未来がある。両親だって、壱於が無事ならば少しは明彩を見直すかもしれない。死んだと知って泣いてくれるかもしれない。

そんな哀《かな》しい思いが、明彩の心を満たす。

「咎《とが》めは全て私が受けます。だから、この人をどうか見逃してください」

せめて、自分たちを守ろうとしてくれた佐久間だけでも明彩は守りたかった。

「顔を上げてくれ」

「え？」

てっきり恫喝《どうかつ》か攻撃が来るかと思ったのに、聞こえたのはどこか優しい声音だった。

「頭を下げられるのは、いたたまれない」

理解が追いつかぬ思考のままゆるゆると頭を上げれば、鬼が優しい笑みを浮かべていた。

「え、っと……」

何が起こっているのだろうか。鬼が自分を見て笑っている。この場の状況にそぐわぬ事態に明彩は何度も瞬《まばた》く。

これは何かの罠《わな》だろうか。自分を油断させ、さらなる恐怖に突き落とすつもりなのだろうか。人を騙《だま》す怪異は、最初は甘言を囁《ささや》き、魂を堕落させていくと聞いたことがある。骨の髄まで利用して、最後に地獄に堕として楽しむのだと。

——でも、この鬼がそんなことをする理由があるだろうか。

壱於を指先一つで倒すほどの力を持った鬼が、退魔師としては何の力もない明彩を騙して利用する理由が思い浮かばない。それに、冷静になって振り返ってみれば、先ほど壱於たちが圧倒されたとき、何故か明彩だけは何の影響も受けなかった。

——本当に、悪意がない？

明彩に向けられる瞳からは、敵意を感じない。それどころか親しみさえ感じてしまいそうになる。

「あるじさま、このひと、このひとだよ」

「え？」

甲高い子どものような声がその場に響く。一体誰がと明彩は周囲を見回すが、誰もいない。

「ありがとう、ありがとう」

「わ！」

鬼の手に乗っていた毛玉が、明彩の膝に飛び乗ってくる。ふわふわとした身体を嬉《うれ》しそうに揺らし、すり寄ってくる動きはまるで仔猫《こねこ》のようだ。

「……あなたが、喋《しゃべ》ってるの？」

「そうだよ。ひめさま、ありがとう。ひめさまが、いたいのをなおしてくれた」

「ひめ、って」

身の丈に合わぬ呼び方に、明彩は目を白黒させる。

「あなた、喋れたの……？」

「俺が傍《そば》にいるからだろう。それにここは、俺たちの世界に近いからそれも多少は力を持てるんだ」

「まあ……」

明彩はそっと毛玉を撫《な》でた。先ほど、壱於に殴られた箇所が酷《ひど》く抉《えぐ》れている。その部分に手を上げ、緩く治癒の力を流し込めば見る間に傷が塞がっていく。

「ありがと！　ありがと、ひめさま！」

「その、ひめさまっていうのはやめて。私はそんなたいそうなものではないのよ」

苦笑いを浮かべながら告げれば、毛玉がこてんと身体を傾ける。

「ひめさまは、ひめさまだよぉ」

「ええと……」

「……俺たちの世界では、治癒の力を使える者のことを『姫』と呼ぶのだ。そやつは間違っていない」

鬼は静かにそう告げた。

――異界の言葉だったのね。

驚きつつもそれならば、と明彩は納得する。どうせ呼ばれるのは今だけなのだからと、逆らわずに受け入れること選んだ。

「ひめさま、ありがと、ありがと」

必死に感謝を伝えてくる毛玉の姿に、胸が苦しくなる。

「ううん。いいの、いいの。ごめんね、助けてあげられなくて」

たとえ癒やしても、またすぐ傷つけられるとわかっていたのに、両親に従うことしかできなかった。

こらえきれず涙がこぼれる。感謝なんてしなくていい。あれは全て明彩の自己満足だ。

「ごめんね」

「なかないで、ひめさま、みんな、ひめさま、だいすき」

明彩の涙に毛玉がおろおろと膝の上を転がる。申し訳なくて泣《な》き止《や》みたいのに、涙が止まらない。

「……泣くな」

ふわりとあたたかいものが明彩の身体を包んだ。

それは、目の前の鬼が先ほどまで肩にかけていた羽織《はおり》。どこか懐かしい香りのするそれは、ほとんど重さを感じないのにあたたかい。

「心配するな。その男には手を出さない」

「……ほんとう、ですか？」

「ああ。君にも、そこに倒れている男にも別に恨みはない」

安堵で全身から力が抜ける。

恐ろしいと聞かされていた鬼が、こんなにも柔らかな声が出せるなんてと明彩は目を瞬く。なにより、どうしてこんなに優しくしてくれるのだろう。わけがわからない。

疑問が表情に出ていたのか、鬼が困ったように目を細めた。

「君には……俺の眷属《けんぞく》が世話になった。その礼だ」

「ひめさま、おんじん、ひめさま、ありがと」

毛玉が嬉しそうに飛び跳ねる。どうやら、この毛玉を助けたことで明彩は鬼に見逃されているようだった。

「この子、あなたの家族なんですか？」

「家族……？」

鬼が不思議そうに首を傾《かし》げ、それから何かを面白がるように口の端を吊《つ》り上《あ》げた。

「人間の考え方は不思議だな。眷属と家族とは違う。それは俺に仕え、俺はそれを庇護《ひご》するだけだ。他の繋《つな》がりなどない」

「あるじさまは、あるじさま、だよ」

毛玉も一緒になって鬼の言葉を受け入れている。

「そう、なんだ」

「ああ……ところで、君はこんなところで何をしている」

「あ……」

問いかけられ、明彩は何と答えるべきかわからず口ごもる。自分の抱える事情をどこまでつまびらかにするべきなのかわからない。

たとえ彼らに何もしていなくても、西須央の娘であると知られれば退魔師と見なされて敵対することになるかもしれない。

「その、私、は……」

言葉が喉につっかえて出てこない。黙りきった明彩に、鬼は困ったように首を傾げた。

「別に急がしたいわけではない。落ち着け」

「はい……」

優しい声に不甲斐《ふがい》なくもふたたび涙が出そうになる。誰かにこんなに気遣ってもらえたのは、はじめてかもしれない。しかも相手は怪異。この奇妙な状況に心が追いつかない。

頭の中で何度も言葉を選びながら、明彩は事実だけを告げることにした。

「弟の、儀式に付き添いで来ました」

「儀式？」

「正式に退魔師に認められるための、試験のようなものです。この杜《もり》には、危険な怪異が現れることが多いので、それを……退治するのが決まりなのです」

「それで時折ここが騒がしかったのか。確かにこのあたりには知性すらない雑魚がうろついているからな……なるほど」

明彩の言葉を素直に受け入れたらしく、鬼は静かに頷《うなず》いた。

「しかし、君を付き添いに連れ出すとは奇異なことをする。君は、姫だろう？　どうして退魔師に付き添う」

「ひ、姫って……」

怪異であるとはいえ美しい男性の姿をした鬼に、姫と呼ばれ明彩は頬を赤くする。

――癒やし手という意味なのに。

わかってはいるがどうしても落ち着かない。

「異界においてその力を持つ存在は希有《けう》だ。血縁とはいえ、何故《なぜ》あんな小僧に従っているのかさっぱりわからない。横暴で知性の欠片《かけら》もない振る舞いをどうして許す」

どこか怒ったような鬼の口調に明彩は慌てる。まさか今から壱於を追いかけていくのではないかと。

「私が、私が悪いのです。役立たずだから……どうか弟を見逃してください。私にできることなら何でもしますから」

もし壱於に何かあれば、両親は激怒するだろう。佐久間だってただでは済まない。

「君は……」

呆《あき》れたように鬼は首を振ると、じっと明彩を見つめた。

「……何でもする、と言ったな」

「私にできることならば」

「ならば一緒に来い。俺だけの姫となれ」

大きな手が明彩に差し出される。

「え……ええ？」

ぽかんと、明彩は状況も忘れて鬼の顔と手を交互に見た。

——俺だけの、姫？　何を言っているの？

「君の力はこの世界では異端だろうが、俺たちの世界では違う」

——ああ、そうか。

どうやら鬼は、明彩の力が欲しいらしい。怪異を癒やす力は、彼らにとっては医者のようなものだ。必要とされてもおかしくはない。

——私が役に立てる……？

わずかに心が浮き立つのを感じた。これまではそれしかできぬからと使ってきた力を、異界では役立つものとして使えるかもしれない。

でも、そんなことが許されるのだろうか。退魔師の一族でありながら、異界に、しかも鬼の元に行くなど。

——異界は恐ろしいところなのよね。人間にとってはあちらは地獄だと。

そんなところで明彩は生きていけるのだろうか。

「どうしても嫌だというのならば仕方がない。この男と共に山の麓までは送ってやる、しかし、またあの小僧がここに現れたときはもう容赦はしない」

本気なのだろう。鬼の表情に嘘《うそ》は感じなかった。

「ふたたびあの小僧に虐げられたいのか？」

「……そ、れは」

西須央の家に帰れば明彩はどんな扱いを受けるだろうか。明彩は何もしていない。だが、壱於の役に立てなかった。そのことで両親からは叱られるし、壱於に八つ当たりだってされるだろう。きっと、これまで以上に居場所のない日々がやってくるに違いない。

「もし俺と一緒に来るのならば、何より君を大切にすると約束しよう」

まるで愛の告白のような言葉に、顔が熱くなった。

相手は怪異。それも鬼。信じるだけの確証はない。でも。

――帰りたく、ない。

何も感じなくなったと思っていたのは幻想だった。本当は、苦しくてたまらなかったことを思い知らされてしまった。

「本当に、私でいいのですか？」

こわごわと問いかければ、鬼は力強く頷いた。

「ああ。俺は、君が欲しい」

この手を取れば二度とこちらに帰ってこられないかもしれない。でも、それの何が悪いのだろうか。同じ地獄ならば、求めてくれる誰かの傍《そば》にいたい。

――必要と、されたい。

子どもの頃に出会った少年の鬼からもらった「ありがとう」という言葉と美しい花の色が思い出される。

明彩の心をずっと支えてきたのは、本当の家族ではなく、あの日の記憶だ。

「……」

おずおずと明彩は鬼の手に自分の手を乗せた。冷たいのかと思っていた鬼の皮膚は、明彩よりもあたたかい。壊れ物を扱うかのような優しい力で、握り込まれ引き寄せられる。

「大切にする」

「っ……！」

まるで愛の告白でもされているかのような優しい声だった。

胸の奥が震え、ふたたび涙がにじむ。ずっと誰かに求められたかった、必要とされたかったのだと、思い知らされる。

「ひめさま！　ひめさま！」

毛玉が嬉《うれ》しそうにその場で飛び跳ね、明彩の肩に飛び乗ってきた。

「ならば行くぞ」

「はい……あ、あの、この人を……」

手を引きその場から離れようとする鬼を明彩は引き留め、佐久間に目を向けた。佐久間こそ何の罪もないのだ。

「ああ。あとで俺の眷属に山の麓にでも運ばせておこう」

「ありがとうございます。それ、と……」

「なんだ？」

こんなことを頼むのはお門違いかもしれないとわかっていながらも、明彩は伝えずにはいられなかった。

「私の、家に……この子のような小さな子たちが囚《とら》われているんです。せめて、その子たちを助けたくて」

自分が逃げてしまえば、彼らはどうなってしまうのか。これまでは助けてこられたが、本当に消えてしまうかもしれない。

「あるじさま」

毛玉も同じ気持ちなのだろう。訴えるような声に、鬼は短い息を吐き出した。

「わかった……君の髪を少しもらうぞ」

鬼の手が明彩の髪に触れ、数本を爪でそぎ取る。

「冷隼《れいしゅん》」

「ここに」

呼びかけに応えて現れたのは、一頭の白い獣だった。犬よりも大きなそれは、毛玉と同じように言葉を話している。

「何用でしょうか主様《あるじさま》」

「この匂いを辿《たど》り、囚われているやつらを助け出してこい」

「承知しました」

言うが早いか、白い獣は明彩の髪を咥《くわ》えるとその場から走り出していった。

「あれは人に紛れるのがうまい。君の髪を持っているから、忌々しい結界も抜けられるだろう」

「よかった。ありがとうございます、その……えっと」

「……涼牙《りょうが》だ。俺の名は、涼牙という」

「涼牙様」

口にすると胸の奥がじんと痺《しび》れる。

明彩は、これから涼牙に一生かけて仕えていくのだろう。

「行くぞ」

涼牙に手を引かれるままに、明彩は歩き出す。

青い炎が空中に円を描き、淡い光を放つ裂け目を作り出した。その先には、うっすらとここではないどこかの光景が映り込んでいる。

――異界。

ほんの一瞬、振り返りたい気持ちがわき上がる。でも、明彩は振り返らなかった。この世界になんの未練もないのだから。

ただまっすぐに涼牙に導かれるままに、明彩はその光をくぐった。

# 二章　夜叉の姫

白く輝く玉砂利が敷き詰められた庭の眩《まぶ》しさに見惚《みと》れ、明彩《めい》は足を止めた。

――いつ見ても、本当に綺麗《きれい》な景色。

明彩が涼牙《りょうが》に連れられ、異界にやってきて早いもので半月ほどが過ぎた。

半月ほど、と曖昧なのは異界の昼と夜は人の世界のように明確な区切りがないので、どれほどの日数が過ぎたのかはっきりしないのだ。時間の流れも少し異なっているらしい。

最初の数日は、家族が連れ戻しに来るという想像による恐怖と、逃げてしまった罪悪感から泣きながら目を覚ましていた。

勝手の違う暮らしや見慣れぬ部屋に戸惑い、やはり騙《だま》されているのではないかという疑心暗鬼に囚われた夜もあった。

もう二度と人の世界には戻れない。自分で決めたことなのに、恐ろしい選択をしてしまったのではないかと後悔しなかったと言えば嘘になる。

だが、そんな苦しみを忘れてしまうほどの幸せがここにはあった。

「ひめさま、ひめさま！」

「あそぼう！　あそぼう！」

「ちょっと待ってね。これを片付けてからね」

廊下で立ち尽くしていた明彩の足元にすり寄ってくる小さな怪異たちの姿に、明彩は頬をほころばせた。

早く構ってほしいという姿は愛らしく、見ているだけで胸が満たされる。

「待ってね、これを台所に返してくるから」

朝餉《あさげ》が載った膳を抱え、台所に急ぐ。怪異たちはまるで雛鳥《ひなどり》のように明彩の後を追ってくる。その姿の愛《いと》しさに、目尻が下がってしまう。

「朝ご飯、ごちそうさまでした」

「おやおや、姫様。わざわざすみません」

すらりとした着物姿の女性が駆け寄ってきて、明彩の手から膳を取り上げた。

彼女は阿貴《あき》という名前で、この涼牙の屋敷で働く怪異だ。今は人の姿だが、本性は蜘蛛《くも》に似ているらしい。

「いつもそのままにしておいてくれればいいと言っているじゃないですか」

「ごちそうになっているんですもの。片付けくらいは手伝わせて」

「本当に姫様は不思議な方ですねぇ」

からからと笑う阿貴の明るさに、明彩もまたつられて微笑《ほほえ》む。

「ここでの暮らしは慣れましたか」

「ええ」

異界は、想像とは何もかもが違っていた。地獄に近い荒れた場所などではなく、むしろ人の世界よりもずっと穏やかで静かで、そして綺麗だった。

四季の移ろいを一日で見せてくれる不思議な庭に、果てが見えぬほど広い草原。眩しいほどの日差しの日や雨の日もあれば雪さえも降る。だが不思議に暑さ寒さは感じない。

ここは涼牙が治める土地で、明彩たちが暮らしているのはその中央にある大きな日本家屋だった。あまりに広くてどれほど部屋があるのかいまだに把握できてはいない。

それでも迷うことがないのが、また不思議だったが、疑問に思うのはもうやめている。

「姫様、おはようございます！」

「おはよう、玄《クロ》」

ぴょんと肩に飛び乗ってくるのは仔猫《こねこ》によく似た毛むくじゃらの生き物。

それは、明彩の人生を変えるきっかけになった毛玉の真実の姿だった。なんでも、力の弱い怪異は世界を渡るときにさらに弱体化してしまうことがよくあるらしい。

毛玉は名前を持っていなかったこともあり、呼びかけるのに不便だと思った明彩が「玄」という名前を与えた。ずいぶんと誇らしそうにその名前を周囲に吹聴して回る姿はとても可愛《かわい》らしく、思い出すだけで眦《まなじり》が下がってしまう。

「ずるい！」

「ひめさま、おれたちにもなまえ、ちょうだい」

いろいろな動物の姿をした小さな怪異たちが、明彩の足元で一斉に不満を訴える。彼らは、出会った頃の玄のようにはっきりとした形を持たず言葉も足りない。

「ごめんね。涼牙様から、勝手に名前を与えてはいけないと言われているの」

涼牙の名前を出せば、怪異たちは仕方がないといったように顔を見合わせ大人しくなった。

玄に名前を与えたとき、渋い顔をした涼牙に注意をされていたのだ。

『軽々しく名前を与えてはいけない。この世界で名前を与えるのは、それに命を分けることに等しい。それはお前に懐いていたから問題ないが、悪意を持つ者に名前を与えれば命を取られることにもなりかねぬ』

教えられた事実に明彩は青ざめたものだ。あまりに美しい光景なので忘れかけていたが、異界は人の理《ことわり》とは外れていることをようやく自覚した。

「お前たちももっといい働きをしたら、涼牙様に名前をもらえるかもしれないよ。ほら、いつまでも姫様に甘えてないで仕事をし！」

「はーい！」

はつらつとした阿貴の声かけに素直に返事をした怪異たちは、名残惜しそうな様子を見せながらも方々へと散っていった。彼らはこの屋敷《やしき》で様々な雑用を担っているらしい。

「姫様、主様が呼んでるよ」

「わかったわ。それじゃあ阿貴さん、またね」

阿貴に頭を下げ、明彩は台所を出た。

長い廊下を歩きながら庭へと目をやれば、朝は桜が咲いていた枝に木蓮《もくれん》が咲いている。

毎日のように違う光景に、ここが人の世ではないのだと教えられていた。

「失礼いたします」

「ああ」

襖《ふすま》を開けて部屋に入れば、涼牙は畳にあぐらをかいた体勢で何か本を読んでいた。

美しい顔がこちらを向く瞬間は、何度体験しても慣れない。

——ああ、本当に綺麗な人。

出会ったときも感じていたことだが、涼牙という鬼は本当に美しい。傍《そば》に控えることとすらためらうような存在感に、明彩は顔を合わせる度に落ち着かない気持ちになる。

「変わりないか？」

「みなさん、よくしてくださいます」

「そうか」

ふわりと微笑む涼牙に、明彩は己の心臓が奇妙な音をたてるのを感じた。

「すまないが、また怪我《けが》をしたものが来た。あとで治療をしてやってくれ」

「はい」

涼牙の言葉に、元気よく返事をする。

この屋敷に連れてこられて最初のうちは、慣れることにせいいっぱいだった明彩だったが、今は涼牙の頼みに応え、治癒の力を使っていた。

この屋敷には、涼牙の眷属《けんぞく》であったり、彼を慕い従う怪異がたくさん暮らしている。玄や阿貴から教えられたが、涼牙は他の鬼とは違い力のない弱い怪異を進んで庇護《ひご》しているらしい。そして眷属に迎え、この屋敷に住まわせているのだ。怪我の原因は、他の怪異との争いだったり、退魔師の攻撃だったりと、理由は多岐にわたる。これまでは時間をかけて傷を癒やしていた彼らを治すのが、明彩の役目だ。

大小様々な怪我を負った怪異たちは、明彩の治療であっという間に回復し、誰もが感謝して帰っていくのだ。

「今日はどのような御方ですか？」

「蛙《かえる》の怪異だ。若い娘には少々、気味が悪い相手かもしれん。口が閉じなくなって食事もままならぬらしい」

その光景を想像し、明彩は少しだけ肩を揺らして笑った。

「平気です。すぐ治しに行きますね」

「ああ、頼む。君が……『姫』がここにいると知ってから、ずいぶんとやってくるものが増えた。無理はしないように」

申し訳なさそうに涼牙が眉を寄せれば、明彩は急いで両手を振った。

「いいえ！　平気です。そんな顔をなさらないでください」

むしろ、こんなに穏やかな生活を送っていていいのかと不安に思っているくらいだ。

食事は阿貴をはじめとした屋敷に仕える者たちが作ってくれるし、掃除や洗濯だって小さな怪異たちの役目だ。手伝いを申し出ても、何もしなくていいと断られてしまうことが多く、明彩は手持ち無沙汰になるばかり。

それだけならまだしも、誰もが口々に明彩に『何かしてほしいことはないか』という言葉をかけてくれて困ったくらいだ。

この力を使うために呼ばれたと思ったのに、涼牙は明彩に何かを命じる気配もない。

ただ毎日、明彩の様子を見に来ては「もっと食事をするように」とか「早く寝ろ」など、まるで親鳥が雛に構うような声をかけてくるだけ。

この屋敷で治癒を行うようになったのは、かつて西須央《にしすおう》の屋敷から逃がしてやった怪異に遭遇したことがきっかけだった。小さなだるまのような姿をした怪異は、明彩を見つけた途端、声を上げて泣きながらしがみついてきた。

「姫さん、ありがとうございます。おかげでおれは戻ってこれました」

そのあまりの泣きように明彩は困り果てたし、周りも何ごとかと集まってくる。仕方なしに事情を伝えれば、怪異たちはとても驚いていた。

――彼らは、私が治癒の力を使えると知らなかったのよね。

特別な力があるとは欠片《かけら》も思っていなかったらしい。ただ、涼牙が連れてきた客人だからという理由だけでもてなしてくれていたのだ。

だが明彩が驚いたのはそこではなかった。彼らは、明彩が退魔師の一族だと知っても態度を変えなかったのだ。

「別に姫様に何かされたわけじゃない。姫様は何も悪くないだろう」

事情を聞きつけた阿貴に何げなく相談してみれば、あまりにもあっけなくそう言い切られてしまった。

てっきり、仲間を傷つけた退魔師の身内だから距離を取られたり攻撃されるかと心配していたのに。

「ここにいるやつらは基本無害だが、過去にはいろいろやらかしたやつも多い。涼牙様はそういった連中を全部ひっくるめて受け入れてくださっている懐の広い御方だからね。その涼牙様が認めて連れてきたんだ。アタシたちは何もしないよ」

明彩の不安を感じ取ったのか、阿貴は優しくそう言ってくれたのだ。傍にいた玄も同じように頷《うなず》いてくれる。

「それにあんたが姫様だっていうのなら、アタシたちが嫌う理由がどこにある。姫様は大切な存在だ。どうか、ずっとここにいておくれよ」

「そうだよ姫様。ずっとここにいてね」

それ以来、明彩は進んで弱った怪異たちの治療にあたるようになっていた。今では、明彩の噂《うわさ》を聞きつけてわざわざ涼牙の元を訪ねてくる怪異さえいるという。

「君が構わないならいいが。困ったことがあればすぐに言うんだぞ」

意外なことに涼牙はかなり心配性だ。

見た目は冷たそうに見えるが、ここに集まった怪異たちからあれほど慕われているのを見ると情の深い人なのだとわかる。

一度懐に入れたものは、たとえどんなものでも守るのが涼牙の流儀なのかもしれない。

「はい」

「ならいい」

満足げに頷く涼牙に頭を下げ、明彩は部屋を出る。

廊下では玄が猫のように丸くなって明彩を待っていた。

「主様《あるじさま》はなんと？」

「治療のお話よ。また怪我をした方が来たらしいの」

「またか。姫様、疲れてないか？」

「ふふ、大丈夫よ」

気遣ってくれる玄の言葉が涼牙のものと重なり明彩はこらえきれず小さく笑う。

――ここは、本当にあたたかいところ。

人の世界で暮らしていた日々が嘘《うそ》のようだった。

――あの子も、どこかで元気にしているかしら。

傷だらけだった鬼の少年も、この世界のどこかで静かに暮らしているのだろう。もしかしたら、また出会えるかもしれない。明彩はいつしかそう考えるようになっていた。

——いつか、お礼を言いたいな。

あの日、少年からもらった言葉と記憶が明彩を支えていたと。

あたたかな気持ちを抱えながら、明彩は玄と共に怪異が待つ客間へと急いだのだった。

朝は春模様だった庭に、薄く雪が積もっている。夕日に照らされ茜色《あかねいろ》に染まった雪は美しく、明彩は思わず足を止めてそれに見入っていた。

「姫様、夕食に行かないのですか」

立ち止まった明彩に、玄が不思議そうに声をかけてくる。玄にしてみれば見慣れた光景なのだろう。

「もう少しだけ、見ていてもいい？」

「はい！」

玄は明彩の言葉に逆らうことはない。駄目なときや危険なときははっきり言ってくれるが、それ以外は明彩の意志を優先してくれる。

——今日も平和な一日だった。

蛙の怪異というから、どんな姿かと思って会いに行ってみれば、身体《からだ》はほとんど人で頭だけが蛙という奇妙な風貌《ふうぼう》の怪異が明彩を待っていた。

なんでも求婚をする相手に立派な姿を見せようと、変化《へんげ》の術を使おうとしたところ、失敗して顔だけが変化しそびれ、驚きすぎて顎が外れてしまったらしい。

明彩が治癒の力で癒やしたところ、瞬く間に手のひらに乗るほどの蛙に戻れた。

「ああ、死ぬかと思った。ありがとう、姫様」

ぺこぺこと頭を下げる姿は気味が悪いどころか愛嬌《あいきょう》があり、明彩はすっかりその蛙と仲良くなった。

ついでに、変化以外でどんな求婚をすべきかという相談をされて、玄と一緒にああでもないこうでもないと会話に花を咲かせたのだった。

治療が終わったあとは、玄と共に阿貴の作った昼食をとり、仕事を終えた怪異たちと集まって遊んだり、涼牙が用意してくれた書物を読んだりと穏やかな時間を過ごした。

本当に何の縛りも不自由もない、あたたかな時間だけが明彩には与えられている。

――夢を見ているよう。

まるで今の日々は、この庭の光景のようだ。ほんの半月ほど前まで、明彩は日常で笑うということもできなかったのに。今では玄や阿貴、そして涼牙が明彩を笑わせてくれる。

「本当にここは不思議なところね」

「人の世界の方がよっぽど不思議ですよ」

「そうなの？」

「ええ。何故《なぜ》人は大して強くもないし、尊敬できないものに従うのですか？　玄は不思議でなりません」

明彩は思わず苦笑いを浮かべる。玄が言っているのは、西須央の人々のことだろう。

あの場所では当主である父、史朗《しろう》の言葉は絶対だった。逆らうなど許されない。無条件に従うのが当然で、己の意志を持つなどあってはならない。ずっとそう教えられていた。

「姫様は、こんなに素晴らしい力をお持ちなのに」

「……あちらでは、私の力は異端なのよ。あってはいけないものだった……」

退魔師でありながら、怪異を癒やす力など認められるはずがない。役立たずの無能。覚えきれないほど浴びせられた言葉の槍《やり》を思い出し、明彩は身体を硬くさせる。

「私がもっと強ければ、何か違ったのかもしれないわね」

治癒の力しか使えぬ明彩は、退魔師としての訓練を積むことすら許されなかった。屋敷《やしき》の中で息を潜めて生きることしか選択肢がなかったのだ。

もし、涼牙のように堂々とした心と強さがあれば、彼らに立ち向かえたかもしれないと、最近少しだけ考えるようになった。扱いの不当さを訴え、弱い怪異たちを助けるように動き、何かを変えられたかもしれない。

──でも、そう思えるのは涼牙様のおかげよね。

きっとあの場所で囚《とら》われたまま生きていたら、こんな風に考えることさえできなかっただろう。

ここでの暮らしは明彩に新しい価値観と感情をくれた。

「涼牙様はすごいわ」

この大きな屋敷と周りの土地を統べる涼牙は、皆から慕われ尊敬されている。玄や阿貴、小さな怪異たちみんなが、涼牙を慕っている。

そして、明彩も。涼牙のことを想《おも》うだけで、胸の奥が仄《ほの》かに熱を持つ。この感情が一体何なのか、明彩はまだ量りかねていた。

「主様はとても素晴らしい御方です。なんと言っても『夜叉王《やしゃおう》』であらせられる」

「夜叉王？」

はじめて聞く言葉に思わず聞き返せば、玄はハッとした顔で慌てて口を押さえた。

「ああ、あの、今のは……」

見たこともないほど慌てて狼狽《うろた》える様子に、どうやら聞いてはならない話をされてしまったのだと気がつき明彩は苦笑いする。

「私には秘密の話？」

「そうではないのですが……」

申し訳なさそうな玄を明彩は優しく撫《な》でる。

西須央の屋敷にいた頃は、何も知らない自分が情けなかった。この場には不要の存在と言われているようで哀《かな》しかった。

だが今は不思議とそんな気持ちにならない。それは、涼牙たちが心から明彩を思いやってくれることがわかるからだ。彼らが話さないのには理由がある。そう信じられるだけのものを与えてもらっている。

「気にしないで」

優しく微笑《ほほえ》みかければ、玄はほっとしたように身体を震わせた。その愛らしい仕草に、明彩は笑みを深くしたのだった。

＊＊＊

それは明け方に起こった。

西須央での暮らしで身についた早起きの癖が抜けていない明彩は、周りの怪異たちが起きるよりも少し早く目を覚ます。

身支度を調え、庭に面した縁側に出て朝日を眺めるのがいつしか明彩の日課になっていた。

庭に咲く花はさまざまだ。今日は木の枝に青葉が茂っていて花はないが、代わりに木の根元を取り囲むように鈴蘭が咲いていた。

「今日は、鈴蘭《すずらん》ね」

朝日に照らされ風にそよぐ姿は可愛《かわい》らしく、見ていて心が和む。

「そうだ。少し、花瓶に生けさせてもらおう」

枝を折るのは心苦しくてできなかったが、鈴蘭ならば少しもらっても問題ないだろう。

明彩は沓《くつ》脱《ぬ》ぎ石《いし》に置かれた草履を履いて縁側から庭へと降りた。真っ白な砂利を踏めば、しゃらしゃらと不思議な音が響く。

鈴蘭まであと少し。そっと手を伸ばした明彩の視界に、突然影が差した。

「……え？」

まさか雨だろうかと明彩が顔を上げれば、真上に人が浮かんでいた。否、人ではない。

その背中には大きな鳥のような羽が生えている。

「お前が、夜叉の姫か」

掠《かす》れた声に目を剝《む》けば、それは明彩の真後ろに降り立った。

明彩とさほど変わらぬ人型ではあったが、その顔に黒い嘴《くちばし》が付いている。烏《からす》を思わせる真っ黒な羽に、修験者のような服装。

「烏天狗《からすてんぐ》……？」

絵巻でしか見たことのない存在が目の前に現れたことに、明彩は驚きを禁じ得なかった。烏天狗もまた、鬼同様に人の世には滅多に姿を現さぬと言われている強い怪異だ。

「俺は烏天狗の峡《カイ》。もう一度聞く、お前が夜叉の姫か」

先日、玄が口にした『夜叉王』という言葉を思い出す。峡が言う、夜叉が涼牙のことならば、涼牙の元にいる姫とは明彩のことだろう。

「そう、だと思いますが……私に何か御用ですか？」

おそるおそる頷《うなず》けば、峡はそうかと深く頷いた。

「悪いが時間がない。俺と共に来てもらおう」

「えっ!?　きゃあ！」

言うが早いか、峡と名乗った烏天狗は明彩の身体を軽々と抱え上げ、その場から飛び立った。

「いやぁ！　高い!!」

「じっとしていろ。落とされたいのか！」

峡の叫ぶような声に、明彩はひっと息を呑《の》んで動きを止める。

「ひめさま！」

明彩の悲鳴を聞きつけた玄が縁側から飛び出し、勢いよく跳びはねて追いかけてくる。

そして、器用にも峡の足にしがみついた。

「なんだお前は！　離せ！　用があるのは夜叉の姫だけだ」

「ダメだ！　玄は姫様を守る！　お前こそ何をしているのかわかっているのか！」

玄は小さな牙で峡の足に噛《か》みついているが、峡は平然としたままだ。

「ええい、振り落としてくれる」

「やめて！　その子に酷《ひど》いことをしないで!!」

明彩は慌てて峡を止めた。

「大人しく付いていくから。お願い、やめて……」

「姫様……！」

「ふん。最初からそう言っていればよかったんだ。そこのチビは命拾いしたな。時間がない、このまま行くぞ」

「えっ……！　わあぁぁ！」

峡が羽を羽ばたかせれば、見る間に庭が遠くなり屋敷が小さくなっていく。玄もこの高さには驚いているらしく、言葉をなくして峡の足にしがみついている。

「一体どこに行くの……？」

明彩の問いかけに峡は応えない。

とうとう、豆粒のように小さくなった屋敷を見ながら、明彩は恐怖に身体《からだ》を縮こまらせていた。


それからしばらく空を飛んだのち、峡がようやく降り立ったのは巨大な木の上だった。どの枝も人が寝そべれるほどに太く、天地どころか幹の左右すら目視できない。下を見れば真っ白な雲が地面のように広がっており、ここがどれほど高い場所なのか考えるだけで気分が悪くなってくる。

「姫様」

青ざめていた明彩の腕に、峡の足から離れた玄が飛び込んできた。慣れ親しんだ柔らかくあたたかい感触に強《こわ》ばっていた身体から少し力が抜ける。

「お前！　姫様をどうするつもりだ！」

明彩の腕の中から、玄が峡を睨《にら》み付《つ》ける。全身の毛を逆立て、威嚇するように牙を剝く姿から必死で明彩を守ろうとしてくれるのが伝わってくる。

峡はそんな玄に、どこか気まずそうな表情を浮かべ、数歩下がった。

「何もしはしない」

「さらってきておいて、ぬけぬけと！」

「乱暴な手段を使ったのは悪かったと思っている。しかし、こちらにも事情があるんだ」

「事情だと、なにを……！」

「玄」

声を荒らげる玄の背中を明彩は優しく撫でた。玄の気持ちはわかるが、峡の表情からはどうにも悪意を感じない。

玄に怒鳴られている峡の顔は、幼い頃、悪戯《いたずら》をして叱られていたときの壱於《いお》の顔にどこか似ている気がして放っておけない気持ちにさせられる。

「落ち着いて。まず話を聞きましょう」

「でも……」

納得できないという顔で玄が明彩と峡を交互に見る。心配してくれるのは嬉《うれ》しいが、無用な喧嘩《けんか》はしてほしくないのが本心だ。

「えっと、峡さんでしたよね。私に何の御用でしょうか」

「……峡でいい。勝手に連れ出したことを怒ってないのか……？」

「怒ってますよ。びっくりもしてます。でも、何か事情があるんですよね？」

「……」

峡は驚いたように目を見開き、怯《おび》えたように視線を彷徨《さまよ》わせる。ここまで強引にさらってきたとは思えないその態度に、苦笑いがこぼれてしまう。

「……俺の父が」

長い沈黙のあと、峡がようやく口を開いた。

「ずいぶん前から寝込んでいるんだ。薬を飲んでも回復しない。周りはもう寿命だから諦めろと言う。しかし、俺は諦めきれぬ……！」

拳を握りしめ、全身を震わせ峡か苦しげな声を上げる。

「夜叉の姫。どうか父を治してくれ。無理に連れてきたことは謝る。この通りだ」

勢いよくその場に膝を突いた峡が、音がするほどの勢いで木の枝に頭を押しつけた。

まさかそこまで頭を下げられるとは思っておらず、明彩だけではなく腕の中にいる玄までも驚いているのが伝わってくる。

「頭を上げてください！」

「頼む！　どうか、父を……！」

「わかりました、わかりましたから」

「いいのか!?」

峡が顔を上げた。枝にこすりつけていた額からわずかに血がにじんでいる。それほどまでに必死なのだろう。親を想《おも》う子の気持ちに、胸の奥が痛む。

――きっと、大切なのね。

明彩にとって親とは畏怖の対象だった。愛してほしいと願ったこともあるし、褒めてほしくてたまらないときだってあった。でもそんな気持ちはとうに潰《つい》えている。もし、病に罹《かか》ったのが自分の両親だったとして、明彩は峡のように医者を強引に呼びに行くだけの気概を持てたとは思えない。

「私でお役に立てるかわかりませんが、お父さんのところに案内してください」

峡のその想いに応えたいと、明彩は背筋を伸ばした。


「ここだ」

案内されたのは、木の幹に空いた大きな空洞だった。

中に入れば、むわっとするような熱を孕《はら》んだ空気で満たされており、明彩は息苦しさに一瞬顔をしかめる。

「すまない。温度を下げると、父が嫌がるのだ。少し息苦しいが、耐えてくれ」

「はい」

　空洞の中には峡よりも一回り小柄な烏天狗たちが何人も控えていていた。彼らは突然現れた明彩に訝《いぶか》しげな視線を向けているが、声をかけてくる気配はない。

　空洞の奥に、天井から何重にも白い布が吊《つる》されて隠されている場所があった。湯気が立つほどの湿気につつまれており、息苦しさもひとしおだ。

「父上。具合はどうですか」

「峡、か。よくはない……儂《わし》はもう長くないのだ。そう、気にするな」

　苦しげな声が布の奥から聞こえた。大きなものが身じろぎする気配に明彩は息を呑む。

「そのようなことを言わないでください。我が一族にはまだ父上が必要です！　聞いてください、姫を見つけたのです。これで父上の病は治るはずです」

「なんと……！」

　布の奥の存在だけではなく、こちらを遠巻きに見ていた烏天狗たちも一斉に色めき立った。期待のこもった視線を向けられ、明彩は身体を小さくさせる。

「姫がいるのか。一体どこで見つけてきた」

　その問いかけに、峡は一瞬だけ狼狽《うろた》えたような表情を見せたが、意を決したように拳を握りしめる。

「……夜叉《やしゃ》の元におりました」

「なんだと！　峡、お前なんということを！」

ぐわんと世界が揺れるほどの大声が空洞を揺らす。

「恐れ多くも、あの夜叉の、涼牙殿のものを奪ったのか！」

「奪ってなどおりませぬ。ただ、少し借りただけで……」

「涼牙殿はお許しになったのか」

「……」

無理にさらってきた自覚はあるのか、峡は黙り込んでしまう。

「馬鹿者！　今すぐお返ししろ！　お前は、我が一族を滅ぼす気か！」

布が揺れ、中から巨大な烏天狗が現れた。黒いはずの羽には白いものが混じり、嘴《くちばし》は干からびてひび割れている。よろよろと這《は》い出《で》てくる姿から、本当に弱り切っていることがわかる。

明彩は状況も忘れて目を見張り、そちらに駆け寄った。

「大変！」

巨体を支えるように手を伸ばせば、見た目に反するほどの軽さに驚きが重なる。

──こんなに弱って。

「大丈夫ですか？　急に動いてはいけませんよ」

「あなたが、涼牙殿の……」

「明彩、と申します。ええと、峡のお父様ですよね？」

「ええ……儂はこの烏天狗《からすてんぐ》を治める丈響《じょうきょう》でございます。息子が、とんでもないことを」

「気にしないでください。峡から話は聞きました。どうか、私にあなたを治療させてください」

「しかし、そのようなことをさせては涼牙殿に申し訳が立たぬ」

「涼牙様を知っているのですか？」

正直意外だった。明彩の知る限り、涼牙は滅多に屋敷《やしき》から出ず、庇護《ひご》や癒やしを求めて訪ねてくる怪異以外とは交流を持っているように思えない。

「互いに近い土地を治める者同士、何度か。彼にはいろいろと世話になりました」

「そうなのですね……」

丈響の言葉に、涼牙への悪意や敵意はなかった。むしろ、懐かしい友人を語るような気安さがあり、心地いい。

「だったらなおさらです。涼牙様のお知り合いならば、治療しないわけにはいきません」

優しい涼牙のことだ。丈響の状況を知れば、明彩に治療を依頼してくるに決まっている。少し順番が違っただけで、いずれはここに来ていたような気がしていた。

「父上、どうかお願いします。お叱りはあとでいくらでも受けますから……！」

峡はその場に膝を突き、地面に思い切り頭を下げる。ごんごんと床を打つ音に、明彩は苦笑いを浮かべるしかない。玄までも一緒になって峡に呆《あき》れの混じった視線を向けている。

「峡の額が割れる前に、どうか」

「……すまぬ、夜叉の姫よ」

丈響は頭を打ち付け続ける息子に残念そうな視線を向けながら、明彩に頭を下げたのだった。

先ほど布で隠されていたのは寝所だったらしく、峡と一緒になって丈響の軽い身体を運び込む。周囲ではたくさんのお湯が沸かされ蒸気で気温と湿度を保っているのがわかった。じっとしていると、自然と額に汗がにじんでくるような蒸し暑さだが、丈響の身体には必要なのだろう。干からびた嘴をそっと撫《な》でながら明彩はその身体を探る。

――とても弱っている。

涼牙の屋敷でいろいろな怪異を癒やしたことで、明彩は触れるだけで怪異の力がどれほど弱っているかがわかるようになっていたのだ。

「いつからこの状態なのですか？」

「……実は……」

横たわった丈響に目線を向けながら、峡が気まずそうに口を開く。

「父上はこの土地を統べる長《おさ》として、毎日のように見回りをしていた。あるとき、あちら側への裂け目が開いているのを見つけたのだ」

「あちら側……？」

「こちらとは違う理《ことわり》の世界だ。普段は繋《つな》がることはないが、希《まれ》に何らかの偶然で歪《ゆが》みが生まれて入り口が開いてしまう」

「まあ……」

つまりは、明彩たちの世界への門なのだろう。

「あちら側への移動は、弱い怪異へはかなりの負担になる。正気を失うものもいれば、姿を変化《へんげ》させて二度と戻れなくなるものもいる。俺たちの仲間も何人も行ったきりになってしまった」

峡から告げられた事実に明彩は驚きを隠せなかった。

西須央《にしすおう》をはじめとする退魔の一族からしてみれば、怪異とは望んで人の世に現れ悪さをするものがほとんどだと思われているからだ。もし、それらの原因が歪みを経たことによる変化ならば。

——退魔師たちのしていることは一体何なの？

これまでずっと教えられてきた常識がぐらぐらと音を立てて崩れていくような気がした。

——涼牙様はそんなこと一言も言わなかった。玄だって。

ずっと傍《そば》で明彩を守るように身構えている玄に視線を落とす。あちら側では、玄は弱々しい獣でしかなかったが、こちらに来た途端に今の姿になったことを思い出す。

「父上は歪みを見つけ、それを閉じようとしたのです。ちょうど、一族にたくさんの幼子が生まれた時期でもありました。大人ならまだしも、子が歪みに巻き込まれれば間違いなく命を落とします」

そのときのことを思い出したのか、峡の表情が苦しげに歪む。

「難しいが、父上にはできぬことではなかった。なのに……」

引き結ばれた嘴がギリギリと音を立てる。

「我らと敵対する、獣の怪異がそれをわざと邪魔したのです。やつらは我が一族の子どもを歪みに投げ込もうとした」

「そんな……」

「父はそれを庇《かば》い歪みに触れてしまいました。そして力の大半を吸い取られたのです。そのうえ、獣たちが襲いかかってきて。追い払うことはできましたが、この有り様《あさま》です」

くぐもった泣き声が空洞に響く。見れば周りの烏天狗たちが悔しそうに涙をこぼしていた。よく見れば、小さな怪我《けが》をしている者たちがたくさんいる。

「あの人たちの怪我も、そのときに？」

「はい。不運にも俺は別の仕事があり一緒にいなかったのです。もし父上の傍にいれば、決して後れを取らなかったのに」

峡の瞳からぼろぼろと涙がこぼれる。父を、仲間を守れなかったことがよほど悔しかったのだろう。

それほどまでに人を思える強さと優しさに、明彩の胸が一杯になる。

「夜叉の姫よ、父上を治せるか……？」

不安そうに瞳を揺らす峡に明彩は力強く頷《うなず》く。

「やってみます」

浅く上下する丈響の胸に手を当てる。肉のそげた薄い感触が痛々しい。

——大丈夫。きっとできる。

深呼吸をしながら、手のひらに意識を集中させる。

明彩の身体《からだ》に宿る治癒の力が、そこに集まり淡い光を放ちながら丈響の身体へと流れ込んでいく。

――すごい、力が根こそぎ奪われていくわ。

丈響の傷があまりに酷《ひど》いせいで、力の供給が追いつかないのがわかる。衝撃で身体が震え、呼吸が乱れる。それでも明彩は手を離さなかった。

「う……こ、れは……」

ぐったりと横たわっていた身体が光に包まれていく。

明彩が流し込んでいく力に呼応し、干からびていた嘴に水気が戻り表面が輝きを帯び、色が抜けてぼさぼさだった羽に艶《つや》が戻りふわりと大きく広がった。

そして、どんよりと力なく曇っていた瞳が活力を取り戻し、瞼《まぶた》が大きく開かれた。

「お、おお……！」

歓喜の声を上げながら丈響が立ち上がる。つい先ほどまでは命の灯火が消えかかっていたのが嘘《うそ》のような機敏な動きだった。

「父上！」

「当主様!!」

峡や周りの烏天狗たちが歓声を上げる。

「はぁ……」

深い溜息《ためいき》を吐きながら、明彩は丈響から手を離した。

全身が汗みずくだし、疲労感で座っているのがやっとだ。こんなに疲れたのは、かつて鬼の少年を癒やしたとき以来かもしれない。

丈響は寝所から勢いよく飛び出すと、手足を伸ばしたり羽を羽ばたかせる。空洞の中にこもっていた熱気が一気に入れ替わり、涼やかな風が明彩の頬を撫でた。

「素晴らしい！　全身に力がみなぎっておる！　おお、今なら常世の果てまで飛んでゆけそうじゃ」

「父上！　ああ、夜叉の姫よ。なんと礼を言ったらいいか!!」

「ありがとう。本当にありがとう！」

烏天狗たちが一気に明彩へと押しかけ、その場に頭を下げはじめる。皆して床に額をぶつけているので、これは烏天狗特有の感情表現なのかもしれない。

「あの、そのへんで……」

これ以上されたら彼らにまで治療を施さなければいけなくなりそうで、明彩はなんとか止めようとしたが、彼らは動きを止める気配がない。

さてどうしたものかと困っていると、丈響がぐんぐん近づいてきた。

「夜叉の姫。いや、明彩殿。そなたの力は本物じゃ。まさかここまでとは……ずっとあった羽の古傷まで治っておる」

嬉《うれ》しそうに羽をばたつかせる大天狗《おおてんぐ》の姿に、明彩もまた嬉しくなってくる。

「ありがとう。誠にありがとう」

「いいえ。お礼なら峡に。ここに私を連れてきたのは峡ですから。どうか叱らないであげてください」

床に頭をこすりつけたままの峡を示せば、丈響は少し困ったように眉を寄せる。

「峡よ。お前が儂《わし》を想《おも》って動いてくれたことは嬉しい。感謝しておるぞ」

「父上！」

「だが無断で夜叉《やしゃ》の姫《ひめ》を連れ出したのはまた別。殺される覚悟あってのことだろうな」

突然飛び出してきた物騒な言葉に明彩は目を丸くする。

「え、今、なんて」

「覚悟のうえです。俺は、どうしても父上を助けたかった」

「そうか……」

本当に今生の別れのような態度の二人に、明彩は慌てて割り込んだ。

「待ってください。どういうことですか。殺される、って」

「明彩殿こそ、なにを言っておる。姫を奪うというのはそれほどのことだ。たとえどんな理由であれ、死闘を申し込むに等しい」

「涼牙様はそんなことをする方ではありません！」

「いいや、儂にはわかる。きっとそろそろ……」

心配そうに空洞の入り口に丈響が視線を向けた。何かあるのだろうかと明彩が釣られて入り口に目を向けた、その瞬間だった。

静電気に触れたときのような弾《はじ》けた音が聞こえた。

「ひぇぇ……！」

次いで、耳に届いたのは引《ひ》き攣《つ》った誰かの悲鳴。それが、入り口近くに控えていた烏《からす》天狗《てんぐ》が発したものだと気がついたときには、さらなる悲鳴が空洞の中に響き渡る。

「夜叉が！　夜叉が来た！」

「逃げろ……！」

蜘蛛《くも》の子を散らすような勢いで烏天狗たちが奥へと走ってくる。

「夜叉って……」

――涼牙様？

もしそうなら、何をそんなに怯《おび》えているのかと明彩が入り口に近づこうとすれば、峡が慌てた様子で腕を摑《つか》んで引き留める。

「駄目だ。今外に出たら危険だ」

「でも」

真っ青になった峡に、これがただごとではないと理解した明彩はつられて血の気を引かせる。

玄ですら、全身の毛を逆立てて入り口に向かって牙を剝《む》いていた。

「姫様、いけません。主様《あるじさま》が……」

「玄まで……どうして」

おろおろと視線を泳がせながら、ふたたび入り口に目を向ける。

「あ」

思わずほろりと声がこぼれた。

外から射《さ》し込《こ》む光を遮るように、大きな人影が入り口を塞ぐように立っている。逆光のせいで顔が見えず、それが誰なのか一瞬わからず明彩は目を細めた。

「涼牙様？」

呼びかければ、その人影がわずかに身体を揺らしたのがわかった。

見つめ続けていれば、ようやく目が慣れてその人が間違いなく涼牙なのがわかった。だが、表情までは読み取れない。こちらをじっと見つめる瞳だけがらんらんと輝いている。

――え？

青かったはずの涼牙の目が、金色だった。心臓が奇妙な音を立てて高鳴り、かつて助けた鬼の少年の姿が涼牙に重なる。

――そんな、まさか。

何かの間違いかと何度か瞬《まばた》いていると、金色に見えたのは光の加減だったようで、涼牙の目はいつも通りの青になっていた。

――見間違い、だったの？

混乱しながらも明彩は一歩前へと進もうとするが、峡に腕を掴まれているせいで、その場から動けない。

「いけない。今の夜叉は正気ではないかもしれぬ」

「峡。大丈夫だから……」

「放せ」

低く重い声が響く。

「誰の許可を得て、俺の姫に触れている……！」

「っ！」

短い呻《うめ》き声《ごえ》を上げて峡が明彩の手を放した。見れば、先ほどまで明彩の腕を掴んでいた峡の手の甲に真っ赤な亀裂が走っている。ぽたぽたと地面を汚す鮮血に、明彩は息を呑《の》んだ。

「大変……！」

地面にうずくまった峡を助けるため身体をかがめようとするが、それよりも先に大きな手が明彩の身体をふわりと抱え上げた。

「無事か！」

今にも泣きそうな顔をした涼牙が、明彩の身体をひしと抱きしめた。

上質な生地がわずかに汗ばんでいるのがわかる。背中と後頭部を包む手のひらは小刻みに震えており、腕を緩めたら明彩が消えてしまうと思っているような必死さだった。

「突然気配が消え、どれほど案じたか！　怪我はないか？　何もされていないか？」

大丈夫だと伝えたいのに、顔を押しつけるように抱きしめられているためうまく喋《しゃべ》れない。もごもごと唸《うな》りながら、涼牙の腕を叩《たた》くが力が緩む気配はない。

——うわああ……！

明彩は顔が焼けるように熱くなるのを感じていた。こんな風に抱きしめられるのは、生まれてはじめてだった。しかも相手は男性で、涼牙。

緊迫した状況にもかかわらず、混乱と恥ずかしさで頭の中がぐるぐると回る。

「貴様……！　自分が何をしたのかわかっているのか！」

身体《からだ》の芯まで震えるような怒号が響き渡る。涼牙が怒りを向けているのが誰か、考えなくてもわかる。

「すまぬ。本当に悪いことをした。だが、仕方がなかったのだ……父が」

「うるさい！」

「っあ……！」

鈍い音がして何かが床に転がる音が聞こえた。

――駄目！

明彩は涼牙の腕の中でばたばたと手を動かし、必死で存在を訴えた。すると、涼牙の腕がようやく緩む。

「どうした」

「ぷはっ……涼牙様、駄目です。峡を怒らないで」

「は……？」

涼牙の美しい額に青筋が浮かんだ。優しい顔しか知らぬ明彩は、その豹変《ひょうへん》にひゅっと喉を鳴らす。

「今、なんと言った」

「え、あ……駄目、と」

「その後だ。何故《なぜ》、此奴《こいつ》を名で呼ぶ。俺のことはまだ……くそっ！」

此奴、と指さされたのは地面に倒れ込んだ峡だ。涼牙に蹴飛ばされるか殴られるかしたのか、口から血を流していた。

「なんてことを……！」

「此奴は君に何をしたかわかっているのか、こいつは……！」

激高という言葉が相応《ふさわ》しい態度で怒りをあらわにする涼牙に、明彩はどうすればいいのかわからなくなる。どうしてそんなに怒るのだろうか。

「君が、君がいなくなって俺がどれほど……」

青い瞳が不安に揺れていた。今にも泣き出しそうに歪《ゆが》んだ表情を見て、涼牙がどんな思いでここに来てくれたのかに、明彩はようやく気づけた。

——私を、こんなに心配して。

驚きと混乱でいっぱいだった思考が急に晴れていく。今すべきことが何なのか。

「……涼牙様、私は無事です。大丈夫ですから」

やり場に困っていた腕を涼牙に回し、胸に額を押しつけるようにしてそっと抱きつく。

そして幼子をあやすように背中を優しく叩いた。

「探しに来てくださったんですね。ごめんなさい、心配させて。でも、本当に大丈夫なんです。何もされてなどいません」

ゆっくりと噛《か》みしめるように言葉を紡げば、強《こわ》ばっていた涼牙の身体から力が抜けていくのがわかった。

「明彩」

――名前……！

驚いて顔を上げれば、涼牙もまた驚いたような顔をして明彩を見つめている。

これまで、涼牙に名前をはっきりと呼ばれたことはなかった。

周りが『姫』と呼びかけてくれる中、涼牙だけはずっと『君』と口にしていたのに。

「涼牙様、私……」

抱きしめられたまま見つめ合っていれば、少し離れたところから申し訳なさそうな羽音が聞こえた。

二人揃《そろ》ってそちらを見れば、丈響が峡の横で床に額を押しつけている姿が目に入る。その光景に明彩は短い悲鳴を上げた。

「やめてください！」

異界の仕組みに詳しくない明彩とて、これだけの烏天狗を従えている丈響がどれほどの地位であるかは想像できる。この土地を統べる長《おさ》に頭を下げさせている。その事態にさっと青ざめる。

「いいや、明彩殿。これはけじめじゃ」

丈響は額を床に大きくぶつける。

「涼牙殿。この度は、儂《わし》の息子がとんでもないことをしでかした。どうか、この首を差し出す故、息子を見逃してくれまいか」

「丈響様！」

「父上！」

倒れていた峡が身体を起こし、丈響の身体にしがみつく。

「悪いのは俺なのです父上。せっかく身体が治ったのに、何故そのような。咎《とが》は俺が受けますから、どうか」

「ならぬ。お前は儂の跡取り。命を落とさせるわけにはいかぬ」

「いいえ！　できません！　夜叉《やしゃ》よ、どうか俺の命を奪ってくれ。全ては俺がしでかしたこと。父上を身代わりにするような恥は晒《さら》せぬ！」

ごんと小気味いい音をさせながら、峡もまた床に額を押しつけた。

「涼牙様。どうか、彼らを怒らないでください。峡は父親である丈響様を助けたい一心だったのです。私も、話を聞き納得のうえで力を貸したのです」

明彩はすがる思いで涼牙の腕に手を伸ばす。彼らは互いに慈しみ合っている。どちらにも何ごとも起きてほしくない。

そんな願いを込めて見つめれば、涼牙が思い切り眉間に皺《しわ》を寄せたのが見えた。

「……はぁ」

深く長い息を吐き出した涼牙は、明彩の身体からようやく片腕だけを外し、前髪をぐしゃりとかき混ぜるようにしてかきあげる。

「顔を上げよ、烏天狗《からすてんぐ》よ」

「……しかし」

「俺の姫が、お前たちを罰するなと言っている。俺は姫の気持ちを重んじたいと思う」

丈響と峡が揃って顔を上げた。二人の額は揃って見事に割れており血がにじんでいる。

「ほ、本当ですか……」

「本来ならば、俺の姫を奪った罪で八つ裂きにしてやるところだ。だが、姫が許したものを俺が許さぬわけにはいかぬだろう……」

疲れ切ったように言葉を選ぶ涼牙の表情は、いつもの穏やかなものに戻っていた。

「涼牙様、ありがとうございます！」

嬉《うれ》しくなって涼牙の身体にすがりつけば、何故か低く呻きながら顔を背けられてしまう。粗相をしてしまったのだろうかと明彩が首を傾《かし》げていると、足元からふわふわとしたものが這《は》い上《あ》がってきた。

「姫様〜！　主様《あるじさま》〜！」

涙目になった玄が二人の間に入り込み、ひしと明彩にしがみついてくる。

「申し訳ありませぬ、主様。玄が付いていながら……玄を、玄を叱ってください！」

ぴぃぴぃと仔猫《こねこ》のような声で泣く玄の姿に、張り詰めていたその場の空気がどこか和らいでいくのがわかる。

「大丈夫よ玄。涼牙様は、あなたのことも怒ったりなんてしないわ」

優しく玄の頭を撫《な》でてやりながら顔を上げれば、苦笑いと共に涼牙は小さく頷《うなず》いてくれた。

——よかった。

ほっと安堵《あんど》の息を吐きながら、明彩は頬を緩ませたのだった。

「なるほどな」

明彩と玄、そして丈響から何が起きたのかを代わる代わる説明された涼牙は、理解はしたが納得はし切れていない表情で首を緩く振る。

空洞の中では息苦しいと、今は最初に降り立った枝の上に全員が座っていた。明彩の横には涼牙がぴったりと貼りつくようにして座っている。

その真向かいには丈響と峡が並んでいた。「事情はわかった。丈響殿、まずは無事でよかった。貴殿に何かあれば、いらぬ争いが生まれていたことだろう」

「涼牙殿。息子を許してくださっただけではなく、気遣いまで……誠に痛み入る」

感激した様子で丈響がふたたび床に額を突こうとしているのが見て取れ、明彩は慌ててそれを止めた。

「また治療をせねばならなくなります。どうか、安静にしていてください」

「明彩殿はお優しいなぁ」

声を上げて笑う丈響は、弱り切っていたときとはまるで別人だ。すっかり元気になったからか声にも張りがあり、自信に満ち満ちているのが伝わってくる。

――峡が助けたいと思うはずだわ。

父親ということ以上に、丈響は烏天狗たちにとってなくてはならない存在なのだろう。

「しかしだ。そのような状態だったならば、素直に頼ればよかったのだ。拐《かどわ》かしなどという手段を使うから、俺も……」

そこまで言って涼牙は疲れ切った声を上げる。

「涼牙様」

そこまで心配させてしまったという事実に、明彩は眉を下げる。

ずっと涼牙に庇護《ひご》されていた明彩は知らなかったことだが、異界には医者と呼べる立場の存在はとても少なく、いたとしても同じ種族のものしか治療できぬのが普通。そのため、希《まれ》に生まれる『姫』と呼ばれる治癒の力を持つ存在はとても価値が高く、手元に姫を抱えているのは、かなりのステイタスになるらしい。

高位の怪異ほど姫を欲しており、過去には姫を巡って怪異同士の争いが起きたこともあったという。だから、峡は自分の命を差し出そうとしたのだ。

峡が明彩を連れ出したのは丈響のためではあったが、結果だけ見れば涼牙から強引に姫を奪ったことになる。つまりは宣戦布告。命を奪われても文句を言えないと丈響や峡が言っていたのは、間違っていなかったのだ。

「もし玄が一緒でなければ、まだ探し続けていただろう」

「玄が？」

「ああ。玄が紡いだ糸が、ここまで案内してくれた」

そんなことをしていたの？　と膝にちょこんと座っている玄に目をやれば、自慢げに胸を反らされた。

「玄は強くはありませんが、いろいろなことができます。主様にここを教えねばと必死だったのです」

「そう……ありがとうね、玄」

感謝を込めて頭を撫でれば、玄がごろごろと喉を鳴らす。

「……」

なんだか視線を感じて涼牙を見れば、なんともじっとりとした目を向けられていた。

もしかして涼牙も撫でられたいのだろうかなどと一瞬考えたが、流石《さすが》に頭を撫でることはばかられ、明彩はその手に自分の手を重ねることで折り合いを付けることにした。

「涼牙様も、探しに来てくださってありがとうございます」

明彩よりも一回り大きな涼牙の手は骨張っていた。重なった部分から伝わるぬくもりに、胸の中まであたたかくなっていく。

明彩を見ていた涼牙が、目元をわずかに緩ませた。

「此度《こたび》の件は、明彩に姫という立場を正しく説明しなかった俺にも非があることだ」

「涼牙様」

「俺の油断が、お前を危険に晒した。許してくれ明彩」

「そんな」

涼牙になんの非があるというのだろうか。

あの苦しい場所から連れ出してくれただけではなく、居場所まで与えてくれたのに。

「いいえ、悪いのは全て俺です」

ぽつりと、峡が苦しげに呟《つぶや》いた。

「夜叉殿の屋敷《やしき》に姫がいるという噂《うわさ》を聞きつけたとき、もうそこにすがるしかないと思った。父上は意識がはっきりとせず、このままでは明日をも知れぬと言われ……」

声に混じる涙に、明彩の心までもが苦しくなる。

「本来ならば手紙を送り、許可を得てから訪ねるべきでした。手順を惜しみ、礼を欠いた。たとえお二方が許してくださっても、俺は自分を許せぬ……」

嘴《くちばし》を割りそうなほどに噛みしめる峡の肩を、丈響が慰めるように叩《たた》く。

「峡よ。これからおぬしがすべきことは後悔ではなく、誠意じゃ」

「父上……」

「涼牙殿。こやつはまだ若い。儂の跡を継ぎ、一族を治めるにはまだ力不足。どうか、鍛えると思ってしばらく預かってはくれぬか」

「！」

その場にいた丈響以外の全員が目を丸くした。

「預かるとは、一体」

「何、小僧と思って死なぬ程度にこき使ってくだされ。きっと姫様のためならばどんなことでもするはずです」

「丈響殿……」

困惑しきった涼牙に、今度は峡が頭を下げた。

「夜叉殿……いや、涼牙様！　どうか俺を使ってください。俺が言えたことではないですが、姫様をお守りする役目をお与えください……！」

「私を守るって、そんなこと」

必要はない、と言いかけた明彩を涼牙が止める。

「お前がしでかしたように、明彩を拐かそうとする輩《やから》が現れたらどうする」

「この命に代えても必ず守ります。もとより、この命は姫様に救われたも同然。この身が尽きるまでお仕えさせてください」

「峡、そんな必要は」

「わかった」

「え⁉」

明彩が断りの言葉を口にするより先に、涼牙が応えた。腕を組み、静かに峡を見下ろしている。

「信用したわけではない。だが、事情は理解できた。丈響殿には俺も世話になったから、今回は顔を立ててお前を明彩の護衛として預かろう」

「涼牙様！」

思い切り声を上げて驚く明彩とは真逆に、丈響と峡は満面の笑みだ。

「感謝します涼牙様！」

「至らぬ息子ではありますが、どうぞよろしくお頼み申し上げます」

このままでは話がまとまってしまうと明彩が慌てていると、涼牙が真剣な顔で明彩を見つめてきた。

「そろそろ玄の他に護衛を付けるべきかと思っていたところだった。今回の件もそうだが、君はとても狙われやすい立場にある」

「でも、護衛だなんて大げさな……」

「大げさなものか。俺の姫である君を狙う者は多い。今回は、ただ姫としての力を請われただけだったが、悪意ある者の所業だったとしたらどうなっていたか」

苦しげに寄せられた眉に、涼牙の苦しみが伝わってくる。

「明彩。君はもっと自分の価値を知ってくれ。どうか俺が君を大切に想《おも》うように、自分を大事にしてほしいんだ」

「っ……！」

こんなにも誰かに守られ、心配されることなど一度もなかった。

最初に出会ったあの日から、涼牙はずっと明彩の欲しかったものをくれるばかりだ。

ありがとう、という言葉だけでは足らぬ思いがこみ上げてくる。

ふわふわと形を持たない感情になんとか名前を付けようとするがうまくいかず、明彩は少し眉を下げる。

――この心を、どうにかしてお見せできたらいいのに。

感謝、尊敬、信頼。そしてそれよりももう少しだけ強い、情。さまざまな気持ちがない交ぜになって明彩の心をかき乱す。

「君を守りたい」

真摯な言葉が胸を刺す。

名前を付けられないでいた感情がふわりと花開くのを感じた。

――この方を、私はお慕いしてしまっていたのね。

真っ暗だった世界ごと変えてくれた、強く美しい鬼。恋をしないでいられるわけがなかったのだ。

「……ごめんなさい」

自覚した途端に涼牙の顔を見ていられなくなり、明彩は顔を伏せながら謝罪の言葉を口にしていた。恥ずかしさと戸惑いで、胸が苦しくなる。

「謝ってほしいわけではない。ただ、君を守りたいんだ。俺には、君をこの世界に迎えた責任がある」

責任。その言葉がずんと明彩の心を重くさせた。

芽吹いたばかりの心を何かに踏み潰されたような苦しみが、喉を詰まらせる。

——そうよね。涼牙様は、あの土地を統べる御方。治癒師《姫》としての私を守る理由がある。涼牙の姫になった以上は、彼の望むままに力を使う必要がある。そして涼牙には得た力を守っていくという責任があるのだ。

当たり前のことなのに、それを寂しく感じてしまう自分の浅ましさが嫌になった。

——この気持ちは、知られてはいけない。

身勝手な気持ちは、きっと涼牙に迷惑をかける。だから、明彩はこれまで通り、涼牙の姫として振る舞い続けねばならない。

そうしてさえいれば、ずっと傍《そば》にいられるのだから。

「峡。今日からは明彩から決して目を離すな。わからぬことは玄に教わるといい」

「そうだ。この玄は姫様から名前をもらった、一番の側仕《そばづか》えだ。玄の言うことをしっかりと聞くんだぞ」

指名され、玄は誇らしげに鼻を鳴らす。

片や峡は玄よりも立場が下になったらしいことにショックを受けているのか、嘴をぽかんと開けて固まっていた。

二人の微笑《ほほえ》ましい姿に救われた気持ちで、明彩は微笑みを浮かべたのだった。


峡は明彩たちと共に涼牙の屋敷に戻ることになった。

住《す》み処《か》を離れるというのに、峡の姿はまるで少しそこまで買い物に行くかのような気軽なもので明彩は驚いてしまった。

正直にその気持ちを伝えれば、涼牙たちは逆に不思議そうに首を傾《かし》げる。

どうやら、怪異たちにとって別れとはそこまで重要なものではないらしい。

「生きていればまた会えるのだ。惜しむこともあるまい」

「そうですよ。別に死ぬわけでもない。すぐに会いに行ける距離ですから」

ひょうひょうとした答えに、最初は戸惑っていた明彩だったが、会話をするうちにあっさりとした別れの理由にすぐ気づけた。

——そうか。信頼しているのね。家族を。

たとえ離ればなれになっても、心までも離れるわけではないことを知っているのだ。

旅立ちで悲しむ理由などないからこそ、見送りだって必要ない。すぐに帰ってくる、いつでも帰ってきていいと信じ合っているからこそ、こんなにもあっさりと旅立てる。

きっと正しい家族とはそういう目に見えぬ絆《きずな》で繋《つな》がっているのかもしれない。

——いいな。

羨ましいという気持ちがわずかに浮かぶ。

未練などないと思っていたはずなのに、かつての家族たちの姿が頭をよぎってしまう。

彼らはいなくなった明彩にどんな思いを抱いているのだろうか。

もしかしたら、鬼に食べられてすでに死んだものとして扱っているかもしれない。

少しは悲しんでくれているだろうかと期待めいた気持ちがわき上がるが、すぐにそれを打ち消すように首を振る。

本当にそうだったとしても意味はないし、違っていれば空《むな》しいだけだ。

「明彩、行くぞ」

涼牙が明彩に手を伸ばす。屋敷に戻るための空間の切れ目が淡く輝いていた。

その光景は、この異界に招かれた日に重なる。

「はい」

ためらいなく明彩はその手を取り、帰路に就いたのだった。

# 三章　羅刹姫の恋

異界での暮らしは、気がつけば半年を迎えようとしていた。

明彩《めい》が烏天狗《からすてんぐ》の頭領である丈響《じょうきょう》を、瀕死《ひんし》の状態から癒やしたという話が広まったこともあり、涼牙《りょうが》の元には以前にも増して弱った怪異たちが訪ねてくるようになっていた。

今ではすっかり『夜叉《やしゃ》の姫《ひめ》』として、明彩は有名になっている。

「ありがとうございます、姫様」

治療を終えた犬の怪異が深々と頭を下げて帰っていくのを見送りながら、明彩は優しい笑みを浮かべた。

以前とやっていることは変わらないのに、ここでは毎日のように感謝をされる。

最初は慣れなかったが、最近はずいぶんと素直に受け入れられている。

──災い転じて、といったところかしら。

不意に、峡《カイ》に連れ出されたあとの出来事を思い出し、明彩は苦笑いを浮かべた。

屋敷《やしき》に戻ってきたときの騒ぎようといったらなかった。阿貴《あき》など半泣きで駆け寄ってきて無事を喜んでくれたくらいだ。

「ああ、よかった。姫様がさらわれたと聞いて生きた心地がしなかったよ」

小さな怪異たちは、しばらく明彩から離れなかったほどだ。

だが、あの事件はひとつだけ利をもたらした。

涼牙たちが、明彩が人間であり、こちらの理《ことわり》に疎いと気がついてくれたのだ。

屋敷の中だけなら問題ないが、この先、また同じようなことが起きるとも限らないと、明彩はようやくこの世界で生きるためのいろはを教わったのだ。

こちらの世界も人の世と同じように十二の月に分かれており、おおよその暦も似通っているのがわかった。

一日の時間の流れは少し曖昧で、昼と夜の長さに決まりはないらしい。

『宿日《しゅくじつ》』と呼ばれる日がいくつか存在するのも知った。

それは奇《く》しくも退魔師が吉凶を占うときに使うものによく似ており、おかげで明彩はこの世界とあちらがそこまで大きくズレのない時間を過ごしていたと知ることができたのだった。

今ではすっかりこちらの暮らしが身体《からだ》に馴染《なじ》んでいる。

ある日の午後、阿貴の手伝いで繕い物をしていた明彩の傍で玄《クロ》が興奮気味に喋《しゃべ》り始《はじ》めた。

「月が替われば金剛の日が来ます。忙しくなりますよ」

「こちらでは、金剛はお祭りの日だったわね」

「はい！　手先の器用な怪異が屋台を出して、それはそれは賑《にぎ》わうのです。屋敷でもいつもとは違う料理を食べて酒を飲みます。ああ、楽しみだ」

以前のことを思い出しているのか、玄は小さな舌でペロリと鼻を舐《な》めた。

「お前は食い意地がはりすぎだ」

呆《あき》れたように目を細めた峡が、肩をすくめた。

「なんだとぉ。うまい飯と酒が飲めるんだ。楽しみにして何が悪い」

「浮かれてお役目を怠るな、と言っている」

睨《にら》み合《あ》う玄と峡に、明彩は笑みを浮かべる。

一緒に明彩の傍に付くようになった最初の頃は何かと衝突の多かった二人だが、今では喧嘩《けんか》仲間としてそれなりにいい関係を築いている。

今のように憎まれ口を叩《たた》き合《あ》うこともあるが、仲が悪いわけではない。

無理に治療を迫ってくる怪異がいたときなどは、息の合った動きで退けてくれた。

何かと騒がしいが、二人が傍にいてくれることは心強く頼もしかった。

「私の暮らしていたところでは、金剛の日は禊《みそ》ぎをする日だったの。食事をとらず、身を清め、己の力を見極める日だと定められていたわ」

金剛の日は年に二度。夏至と冬至の日だと定められていた。

食事の用意をする必要がなかったので、明彩にしてみれば数少ない休日のようだったと思い出す。

──私も食事をとれなかったけれど、静かに過ごせる貴重な日だったわね。

それがこちらでは怪異の上下なく大騒ぎする日というのは奇妙なものだ。

「そうだ、金剛があるということは……羅刹の日もあるの？」

針を握っている手を止めた明彩は、宿日の存在を知ったときから気になっていた質問を玄へと向ける。

羅刹は退魔師にとって最も忌むべき凶日。それがこの世界にもあるとしたら、どんな日なのか。

自分で聞いておきながら、じわりと緊張で手のひらが汗ばむ。

もしこの世界でも羅刹が忌み嫌われている日だったら。

「羅刹！　ええ、ありますよ」

「そう、なの？」

「はい。羅刹の日は我らにとっては吉祥の日です。力が高まり上の位へと転じる者も現れるくらいです」

「まあ……」

あちらとは違う意味を持つとは想像していたが、まさかそこまでだったとはと明彩は目を丸くする。

「よくご存じでしたね。羅刹の日は、数十年に一度来るか来ないかの日です。若い怪異では存在すら知らぬ者もいるというのに」

「ああ。俺も一度しか経験をしてない。その日が来るまで、誰もが羅刹の日が来るとは気づかないほどに突然なるものだからな」

人の世では、退魔師を統べる場所で羅刹の日がいつになるか占われているが、異界では自然と訪れを待つ日らしい。

「何もかも違うのね。私のいたところでは、羅刹の日は凶日だったのよ」

その日に生まれたが故に、明彩はずっと虐げられて生きることになった。

「なんと勿体《もったい》ない。人とは不思議なものですなぁ」

「誠だ。もし羅刹の日に子が生まれれば、こちらでは一族繁栄の象徴だと大切にされるのですよ」

住む世界が違えばそこまで異なるのか。

「……私、こちらで生まれればよかったのかも」

心に留《とど》めておくつもりだった言葉がぽろりとこぼれてしまう。

玄と峡がきょとんとした顔で動きを止め、明彩を見つめてくる。

「姫様？」

「あ、ごめんなさい。つい……その、私は羅刹の日に生まれたものだから」

あちらではそのせいで虐げられていたとは言い出せずに口ごもっていれば、玄と峡は顔を見合わせ、それから歓声めいた声を上げた。

「それは素晴らしい！　羅刹に生まれ、なおかつ姫とは」

「ああ、なるほどなるほど。明彩様が特別な理由がわかりました。そうだったのですね」

「あの、二人とも……？」

あまりの喜びように明彩は狼狽《うろた》える。

「つまり、明彩様は羅刹姫ということですね！」

「羅刹姫！　なんとよい名か！　これはぜひ広めねば」

嬉々《きき》として語り合う二人の姿に明彩は口を挟めない。

この世界で羅刹の日に生まれるということは、本当に吉祥の証《あかし》なのだろう。

――羅刹姫、って。

西須央《にしすおう》にいた退魔師からは侮蔑をこめて「羅刹」と呼ばれていた。凶日と同じ名前で呼ばれる蔑称に、何度苦しめられたかわからない。

だが、二人が羅刹姫と口にする声には深い愛情がこもっているのがわかる。

同じ言葉なのに、こもる想《おも》いでこうも違って聞こえるのか。

胸からせり上がってくる熱い何かで言葉が詰まる。

潤んだ目元を見られないように顔を伏せながら、明彩はそっと目元を拭ったのだった。

＊＊＊

金剛の日を数日後に控えたある日、明彩は夕食前になって突然涼牙に呼び出されていた。

ここ最近、涼牙は何か忙しいらしく屋敷にいないことが多く、帰宅しても明彩とはすれ違いばかり。

顔を見られないのは寂しいが、会いたいと我《わ》が儘《まま》を言えるような立場にないことは自覚しているので、明彩はただ涼牙が無事に帰ってくることを願う日々を過ごしていた。

何か手紙でも書くべきではないかと考えている最中の呼び出しだったので、明彩はそわそわしながら部屋を訪ねた。

襖《ふすま》を開けて中に入れば、疲れた様子の涼牙が、なにやらげんなりした顔で手紙を広げていた。

「涼牙様？」

「ああ、来たか」

先ほどまで険しかった表情が、ふっと和らぐ。

その表情に、胸の奥にちいさな火が灯《とも》る気がした。

「どうされたんですか？」

「いや、少し面倒な連絡が来てな……」

涼牙は短く息を吐き出しながら手紙をたたみはじめた。わずかに見えた文面は、達筆すぎて読むことはできない。だが、その表情から察するによほど問題のある内容なのだろう。

「お忙しいんですか？　顔色が少し悪いように見えます。よければ、治療を……」

「いやいい。俺のことは気にするな。少々のことで倒れるような身体はしていない」

「でも……」

「それよりも君だ。俺がいない間、変わりはなかったか？」

「はい。こちらの生活にもずいぶん慣れましたよ」

嘘偽《うそいつわ》りなく本当だった。

こちらでは誰もが優しく接してくれるし。力を使えば感謝される。最初は、逆に怖くもあったこの環境を明彩はようやく受け入れられるようになっていた。

「涼牙様のおかげです」

この世界に連れてきてくれたことだけではない。峡によって連れ出された明彩に、涼牙は自分を大事にしろと言ってくれた。それだけの価値があるとも。

「そうか。だが、くれぐれも無理をするなよ。玄と峡を必ず傍《そば》に置いておけ」

「ふふ」

まるで子を案じる親のような口調に、明彩は思わず笑ってしまう。涼牙は本当に過保護だ。

「それを言うためにわざわざ呼んでくださったのですか？」

「いや。まあ、それもあるが……」

めずらしく口ごもる涼牙の態度に、明彩は首を傾《かし》げる。

いつも堂々としているのに、妙なこともあるものだ。

何を言われるのかとじっと顔を見ていれば、青い瞳がちらりと明彩に向けられた。

「ただ、君の顔が見たくて」

「！」

じん、と耳が熱くなる。まっすぐな言葉を向けられるとは思ってもみなかった。

急に、自分の身だしなみが気になり始める。仕事を終え、あとは夕食だけの時間だったから服は普段着のままだし、髪は少し整えたがそれだけだ。

——お化粧くらいすればよかった。

久しぶりに涼牙の顔が見られるという気ばかりが急《せ》いてここに来てしまったことが、今更ながらに悔やまれてしまう。

阿貴や女人姿の怪異から身だしなみだからと紅をもらったはいいが、使うタイミングがわからずしまい込んだままにしている自分が情けない。

「すみません、その、大したことがない顔なのに」

「そんなことはない。君はそこにいるだけで、いつも綺麗《きれい》だから」

「っ〜！」

今日の涼牙は疲れすぎていてどこかおかしいのではないだろうか。きっと頬がみっともないほどに赤くなっているような気がして、明彩は顔を隠すように俯《うつむ》いた。

「涼牙様は、私をからかいたいのですか……」

「ちが……すまない。ああくそ……」

がりがりと頭をかきながら涼牙が感情的になっているのがわかる。

やはりどこかがおかしい。やはり治療を申し出ようと明彩が顔を上げれば、思いがけないほどに近くに涼牙が立っていた。

「あ……」

いつ近づいてきたのだろうか。手を伸ばせば触れられるほどの距離で、涼牙の香りと体温をわずかに感じる。

「これを、君に渡したかった」

涼牙の手が、明彩へと差し出される。

手のひらに載っていたのは、白い小花がいくつも付けられた、髪飾りだった。一瞬、生花のように見えたそれは、光に淡く反射している。

「出先で見つけたんだ。貝殻を使った細工だと聞いている」

「すごく、綺麗」

花びらを一枚ごとに彫ってあるそれは、光の加減でなんとも言えない光彩を放っていた。

「これを見て、君を思い出したんだ」

言いながら、涼牙は明彩の髪に髪飾りを付けてくれた。長い指が髪をかき上げる感触に、心臓が奇妙な音を立てる。わずかに肌をかすめた涼牙の指先は明彩よりも少し冷たい。

体温の違いなのか、明彩がひとり勝手に火照っているだけなのかわからない。

「あ……」

「やはり、よく似合う」

目を上げれば、涼牙がふわりと目元をほころばせた。

笑顔と呼ぶには少し硬い表情ではあったが、美しいことには変わりない。

お礼を言わなければと思うのに、言葉が口から出てくれず、明彩ははくはくと口を開閉させる。

「君はずいぶんと頑張ってくれているからな。ずっと何かしてやりたいと思っていたんだ。他にも、新しい服をいくつか仕立てさせた。着るといい」

「服まで！」

驚きでようやく声がまろび出た。

こちらに来てからの衣食住は全て涼牙が面倒をみてくれており、その質量共に過分なほどだった。

西須央の家では、片手で足りるほどの服を着回していたというのに、今では与えられた箪笥《たんす》に収まりきれぬほどの服がある。

洋服だけではなく、着物だったり、どこか異国情緒があるものや、見たことのない形の服などさまざまだ。一体どこで買ってくるのかとずっと不思議に思っていた。

「もう十分です。これ以上は、逆に申し訳ないです……」

「気にするな。俺がしたくてやっている。今回仕立てたものは、金剛の日に着るといい。玄がお前を街に連れ出したいと張り切っていたぞ」

「街、ですか」

「ああ」

涼牙の屋敷《やしき》から少し丘を下ったところには、この土地に住む怪異たちが暮らす大きな集落があった。特に呼び名はなく、皆は「街」と呼んでいた。

阿貴に連れられ一度だけ近くまで行ったことがあるが、結局足を踏み入れなかった。

「ずっと屋敷の中では息が詰まるだろう。峡もこの土地にはずいぶん慣れただろうから、二人が一緒ならば問題ない。阿貴たちも行くと言っていたから遠慮なく遊んでくればいい」

楽しんでおいでと柔らかな言葉をかけてくれる涼牙の優しさがくすぐったい。

「ありがとうございます」

「ああ」

「涼牙様は行かないのですか……？」

許されるのならば、一緒に過ごしたい。そんな想いがつい口からこぼれてしまった。

すると先ほどまで機嫌のよさそうだった涼牙の表情が途端に曇る。

「できることなら同行したいのだが……」

言いながら涼牙が目を向けたのは先ほどまで読んでいた手紙だ。

「実は、俺の故郷から客が来る。一度は断ったのだが、それでも来ると譲らなくてな。放置しておけば、やっかいなことになりかねないから面倒をみなければならんのだ」

――故郷ということは、同族の方？

そういえば、この場所には涼牙以外の鬼がいないことを思い出す。

「ご家族の方、でしょうか」

思いつきでそう口にすれば、涼牙の表情がわずかに曇る。なにか余計なことを言ったのだろうかと明彩が慌てれば、涼牙が小さく首を振った。

「そうか……君は、まだ知らないんだったな」

苦いものを嚙《か》みしめるように呟《つぶや》いた涼牙が、長い息を吐く。

「涼牙様」

「せっかくだし、少し話をしておこう」

涼牙は記憶を辿《たど》るようにして静かに語り始めた。

「俺の父は蒼家《そうけ》を治める頭首だった。蒼家は鬼の家門では二番目に古い家柄でな。俺が生まれた場所は、蒼家に連なる鬼ばかりが暮らす土地だ」

そこはここは違い、ずっと冬のような凍《い》てついた土地だという。

厚い雲が常に空を覆い、吐く息は白い。夜の間に降り積もった雪が、朝には真っ白に世界を染めるという。

「お父様が頭首、ということは涼牙様は、その蒼家の跡取りということですか？」

「まあ、そうなるな」

まさかの事実に明彩は目を丸くする。力の強い鬼だとは思っていたが、それほどまでとは想像していなかった。

「……だから『夜叉王《やしゃおう》』？」

ぽつりと口を突いて出たのは、以前、玄が呟いた言葉だ。

「その名をどこで？」

「あ、えっと……ごめんなさい」

しまった、と明彩が慌てて謝れば涼牙は気にするなとでも言いたげに首を振った。

「君のよくないところは、そうやってすぐに謝るところだ。別に、責めているわけでも怒っているわけでもない」

苦笑いをしながら、涼牙が前髪をかき上げる。

「特に強い力を持つ鬼を『夜叉』と呼ぶのだ。俺は、夜叉として生まれた」

何かを懐かしむように目を細め、涼牙が遠くを見つめる。

「そのせいで、俺の母は死んだ」

「！」

涼牙の告白に、明彩は息を呑《の》む。

「母は鬼ではなく花の化身だ。百蓮花《ひゃくれんげ》というこちらでしか咲かぬ花から生まれたかよわい存在だったそうだ。だから、夜叉である俺を産んだことで身体《からだ》を弱くしてずっと寝たきりの身だった。俺は、眠っている母の姿しか知らない」

そう語る涼牙の表情には、隠しきれない悲しみがにじんでいた。

「俺がただの鬼であったならば、母は身体を壊すことはなかっただろう。父にとって、母は全てだった。母が死んだのち、父は俺を疎むようになった」

「そんな……」

「皮肉なことに、父に疎まれたことで俺は強くなった。親の庇護《ひご》のない俺が生きていくためには強くなるしかなかったのだ。いつの間にか、俺の力は蒼家の頭首である父すら超え、周囲から俺はいずれは鬼を統べる王……夜叉王になるといわれるまでになってしまった」

ようやく、明彩は何故《なぜ》自分が『夜叉の姫』と呼ばれたかの理由を知った。夜叉王とは涼牙が望まずとも得てしまった名なのだろう。だから、玄はあのとき言《い》い淀《よど》んだのだ。

自嘲気味な笑みを浮かべ、涼牙がわずかに首を傾《かし》げる。

「周囲は俺を称《たた》えると同時に、恐れるようになった。俺を跡継ぎに据えたい者もいれば、成り代わりたい者もいる。ずいぶんと酷《ひど》い争いも起きた」

そのときのことを思い出したのか、涼牙の表情に剣呑《けんのん》な色が混じる。

「俺は何も望んでいないのに、身勝手な連中だ。だから俺は故郷を捨て、この土地に住むことにしたんだ」

思わず胸を押さえ、明彩は唇を引き結んだ。

──ああ、そうか。そうだったのね。

ずっと心にひっかかっていた疑問がほどけていくのを感じた。

──涼牙様が私に心を砕いてくださるのは、同じ境遇だったからなのね。

立場や力の有り様《ありさま》は違うが、異端故にのけものにされていたのは同じだ。涼牙は、明彩が味わった苦しみや悲しみを知っているのだろう。

理解すると同時に、ほんのわずかだけ寂しさがこみ上げてくる。

ここに連れてこられたのは姫という理由からだけではない。涼牙は、明彩の立場を憐《あわ》れんで、手を差し伸べてくれたのだ。同情よりも憐憫《れんびん》に近いのかもしれない。傷ついた怪異を癒やすように、囲い込むように、明彩のことをも受け入れてくれたのだ。

「寂しかった、ですか」

明彩はずっと寂しかった。

どうして自分ばかりがこんな思いをするのかと、ずっと心を凍えさせていた。誰か一人でもいい。傍《そば》で寄り添ってくれればきっと耐えられたのに。

「……そうだな。そうだったのかもしれない。だが、もう忘れてしまった。ずいぶんと昔の話だからな……」

明彩はそれ以上何も言えなくなってしまう。

「ここに来てからは、ずいぶんと気持ちが楽になった。君の知る通り、ここで玄や阿貴のような者たちと暮らしている。居場所がないものを受け入れていったせいで、いつしかこんな大所帯になってしまったがな」

先ほどまでの表情から一変し、涼牙の表情が和らぐ。

明彩にとってそうであるように、涼牙にとってもここはようやく得た居場所なのだろう。この屋敷に暮らす怪異は皆、涼牙を慕い尊敬している。きっと彼らは明彩のように救われたのだ。

「俺はとっくに彼方《あちら》を捨てた気でいるが、一族の中には俺を跡継ぎに担ぎたい者がまだ残っていてな。ときどきこうやって手紙を寄越《よこ》したり、人を送り込んでくる」

涼牙の視線が、ふたたび件《くだん》の手紙に向けられる。

「では、そのお客様というのは」

「その一派だ。毎度追い返すが、どうも懲りない」

「大変なんですね……」

肩を落とす涼牙の姿に、それがどれほどの苦労だろうかと想像するだけで明彩の肩も重くなった。

「俺が相手をしなければ、屋敷の者にちょっかいをかけて毎度騒ぎを起こす。君の存在を知れば余計にだろう。客が帰るまでの間は、急ぎの治療以外は断って屋敷の奥で静かに過ごしてほしい」

よほど明彩とその客を会わせたくないらしいのが伝わってくる。

「では、お客様のお相手は涼牙様が？」

「腹立たしいがな。おそらくひと月は居座るだろう。その間、君にはあまり会えないかもしれない」

きっと明彩を守ろうとしてくれているのだろう。その優しさに胸が疼《うず》く。

青い瞳がじとりと明彩に向けられる。

「本当は祭りに連れていってやりたかった。いろいろと見せたいものもあったんだ……」

「涼牙様」

「よりにもよってこの時期に来るとは……」

どこか拗《す》ねた子どものような声を上げる姿は可愛《かわい》らしく、口元が緩んでしまう。

「……では、次の祭りは一緒に行ってください」

「明彩」

それははじめて明彩が自分から抱いた願いだった。

これまでは与えられるまま、命じられるままに生きてきた。自分から何かを欲したことなどないに等しかった。でも、今は。

「私は、涼牙様と祭りに行ってみたいです」

外を一緒に歩けたならば、それはきっと素晴らしいことだろう。

夢というにはあまりにささやかだが、明彩にとっては想像もしたことがない光景だ。

「駄目、ですか」

「駄目なものか。もちろんだ……！」

わずかに腰を浮かせた涼牙が、うわずった声を上げている。

明彩が何かを願ったことがよほど嬉《うれ》しいらしい。

「……くそ。余計に腹が立ってきた」

じろりと手紙を睨《にら》み付《つ》ける瞳には、本気の怒りが混じっている気がして、明彩はつい笑い声を上げてしまう。

「ご無理なさらないでくださいね。疲れたときは呼んでください」

――いつでもあなたのために力を使いたい。

それは、まだ口にする勇気のない、明彩のもう一つの願いだった。

涼牙のためにこの力を使いたい。この力は涼牙のためにあるのだ、と伝えられたなら。

今も間違いなく明彩は涼牙の所有物で、姫として求められ必要とされている。それはとても嬉しい。でも、それだけでは少し足りないと思う欲ばりな気持ちが生まれてしまっている。

強靱《きょうじん》な夜叉である涼牙が、治療を必要とするほどの怪我《けが》を負う日が来るとは思えないが、そのときが来たら明彩は全てをかけて力を使うと考えなくてもわかる。

「案ずるな。君の手を煩わせるようなことは、ない」

優しい声に心の奥がずんと重くなる。落胆するなどみっともないことなのに、隠しきれない本心が、どうしてと、か細い声を上げた気がした。

涼牙との話を終え、食事をするために部屋に戻った明彩に玄が駆け寄ってくる。

「主様《あるじさま》のご用事とはなんだったのですか？」

「なんでも、故郷からお客様がいらっしゃるんですって。その間は、大人しくしているようにと」

客、という単語に玄が両耳をぺたりと伏せた。不愉快と描写するのがぴったりな顔をして、ぐう、と短く唸《うな》っている。

「どうしたの？」

「いえ。おそらくその客が誰なのか玄は知っています。主様の判断は正しい。姫様は決して会わない方がいい」

「そんなに？」

まさか玄までがそんなことを言うなんてと目を丸くすれば、玄はふんと大きく鼻を鳴らした。

「玄はあいつが嫌いです。我《わ》が儘《まま》でやかましい。そのくせ、同族という理由だけで主様を振り回して。どれだけ主様が袖にしても、やってきて我らを困らせるのですよ」

「まあ……」

玄にここまで言わせるとは、どんな相手なのだろう。涼牙は詳しくは語らなかったが、鬼であることは間違いないようだ。

「どのような御方なの？」

「陽華《ひばな》と言う、やかましい女の鬼ですよ」

「え……」

てっきり男性だと思い込んでいたこともあり、明彩は咄嗟《とっさ》に反応ができなかった。

「主様にべたべたと本当に目障りなやつです。いいですか、姫様。絶対に隙を見せてはなりませんよ！」

ぐるぐると低く唸りながら訴えてくる玄の言葉をどこか遠くで聞きながら、明彩は呆然《ぼうぜん》と立ち尽くしていた。

＊＊＊

客人が来るという知らせにどこか落ち着かない空気が漂う中、とうとうその日がやってきた。

朝早く、屋敷《やしき》の門前に大きな駕籠《かご》が横付けされる。駕籠を引くのは牛に似た大きな怪異で、角が四つも生えていた。物珍しさから集まっていた小さな怪異を鼻息で威嚇している。

出迎える必要はないと言われていた明彩だったが、こっそりと集まった怪異たちに紛れてその光景を見ていた。

駕籠の御簾《みす》が上がり、中からするりと人影が出てくる。

「……！」

その場に百花が咲き乱れたような華やかな美女が、着物に似た真っ赤な衣服をはためかせながら地面へ降り立つ。赤銅色の長い髪、小さなかんばせ。乳白色の美しい肌。

感情を抱かせない美貌は生き物というよりは人形のようで、明彩は知らず感嘆の吐息を漏らしてしまった。同時に、彼女に比べてなんと自分はみすぼらしいのかと、居心地の悪さに胸が苦しくなる。

「涼牙！　妾《わらわ》が来たぞ！」

その外見からは想像できないような威勢のいい声を響かせた彼女は、両腕を組んで苦虫を嚙《か》みつぶしたような顔をしている涼牙の元へと駆け寄っていく。

「陽華。もうここへは来るなと言ったはずだ」

「そうつれないことを言うな涼牙よ。時間も経《た》てば気も変わるだろう。妾のことが恋しかったであろうよ。のうのう、早《はよ》う妾と里へ帰ろうぞ」

赤く染めた唇が弧を描き、しなを作って陽華が涼牙に身体《からだ》を寄せる。

「断る。何度も言っているが、俺は戻る気などない。さっさと帰れ」

しなだれかかろうとする陽華の身体を煩わしそうに押しやった涼牙は、話は終わったとばかりに踵《きびす》を返《かえ》す。そのまま屋敷の中に入っていこうとする背中を陽華は追いかけていく。

「涼牙、待ちや!」

まるで嵐のようだった。

陽華を乗せてきた駕籠を引いていた牛の怪異は、陽華がいなくなったことを確かめるように首を振ると大きく一つ鳴いて、ためらいなく歩き去ってしまう。

出迎えに来ていた怪異たちは慣れた様子でバラバラと自分の持ち場へと戻っていった。

その場に取り残された明彩は、どうしてだかすぐに動き出せず、先ほど見た光景をぼんやりと思い返す。

――とても、お似合いだった。

鬼とはなんと美しい生き物なのだろうか。涼牙と陽華が寄り添う姿は、まるで子どもの頃に見た絵巻物のような絢爛《けんらん》さがあった。明彩には決して入り込めない世界だ。彼らが物語の主役ならば、明彩は名前さえ付けてもらえぬ端役だろう。

自分はなんと場違いなのだろうかという疎外感が胸を満たす。涼牙は鬼で、明彩は治癒の力が使えるだけの人間。隣に立つことすらおこがましいと、気がついてしまった。

「姫様、中に戻りましょう」

傍《そば》に控えていた峡の言葉に、明彩は静かに頷《うなず》く。

気落ちしたまま部屋へと続く縁側をゆるゆると進んでいると、先を歩いていた玄がふんと盛大に鼻を鳴らした。

「あの鬼、相変わらずうるさいやつだ。早く帰ればいいのに」

「彼女……陽華様は以前からよく来ていたのよね」

「様など付けずともよいのですよ！　あれは招かれざる客です。来る度に屋敷を壊す迷惑千万なやつだ！」

玄はぐるぐると唸り声を上げ、鞠《まり》のように床の上を跳ね回った。

「前も主様が仕事でいないから暇だと言って壁に穴を開けたのですよ！　直すのにどれだけ時間がかかったことか！　玄はあいつが嫌いです！」

全身で怒りを表現する玄の姿が愛らしくて、明彩はつい笑ってしまう。先ほどまで胸を満たしていた重く冷たい気持ちが軽くなっていく気がした。

「姫様。決してこの玄や峡の傍から離れてはなりません。あの鬼は何をしでかすかわかりません」

「……わかったわ」

言われなくても顔を合わせたいとは思えなかった。

あんな美しい陽華を前にすると、地味な自分と比べてしまいそうで。

「少しの辛抱です。飽き性ですから、いつもすぐに帰るのですよ」

「そう……」

庭へと視線を向ければ、今朝には満開だった百日紅《さるすべり》の花がちょうどはらはらと散っている最中だった。庭の砂利が花びらで染まり、幻想的な光景を作り上げている。

次はどんな花が咲くのだろうか。きっとそれもまた美しいに違いない。

涼牙にもらった髪飾りに手を伸ばす。控えめで可愛らしいそれは、明彩に似合っているとみんなが褒めてくれた。

自分の美醜など気にしたことはなかったのに、どうしてこんなに気になってしまうのだろうか。

喉の奥からせり上がってくる熱く重いものをやり過ごすように、息を吐き出す。

──何ごともなければいいのだけれど。

指先が水たまりに浸《つ》かってしまったような、居心地の悪さを感じながら、明彩はこれからの数日に思いを馳《は》せたのだった。

陽華が来て、早くも三日が過ぎた。

怪異たちが気遣ってくれるおかげで、明彩はいまだに陽華と遭遇せずに済んでいる。

涼牙の配慮なのか、治療の仕事も入ってきておらず、明彩はほとんどの時間を自室で読書や書の練習に費やしていた。

明彩が与えられた部屋は屋敷の南側にあり、窓を開けておけば一日中あたたかな日差しと優しい風が流れ込んでくるため、こもっていても閉鎖感はないのが救いだ。

それに小さな怪異たちが代わる代わる遊びに来てくれるため、寂しいと思う暇さえない。

このまま、陽華が帰ってくれるまで静かな時間が過ぎてくれれば。

そんな風に考えている矢先の出来事だった。

「あんたが涼牙の囲っている姫だね」

縁側に腰掛け、玄を膝に乗せて明彩はぼんやりと庭を眺めていた。

昼が近いということもあり、峡は阿貴の元に食事を取りに行ってくれている。

このまま外で食事をとるのもいいかもしれないと考えているときだった。

突然背後からかけられた声に驚いて振り返れば、両手を腰に当てて仁王立ちした陽華が真後ろに立っていた。

琥珀色《こはくいろ》の瞳が、冷たい色を孕《はら》んで明彩を睨み付けている。

「妾は陽華。涼牙の許嫁《いいなずけ》じゃ」

まさかの言葉、喉の奥から引《ひ》き攣《つ》った音がこぼれた。

周囲の諦めたような態度や、涼牙の行動から、無下にできない理由があるだろうとは思っていたが、まさか許嫁だったとは。

目の奥が焼けるほどに痛み、喉の奥から苦いものがせり上がってくる。世界が揺れるほどの衝撃に、動悸《どうき》が激しさを増していく。

――私は、なんて愚かなの。

涼牙への恋を自覚したときに、想《おも》いを隠すと決めたくせに。許嫁という存在を知っただけで死にそうなほどに悲しんでしまっている。

自分の弱さを思い知らされ、世界から色があせていくような錯覚に襲われる。

「そう、だったのですね」

掠《かす》れた声で反芻《はんすう》すれば、陽華は満足げに目を細めた。

「……私は、須央《すおう》明彩と申します。涼牙様にお世話になっているものです」

「わざわざ名乗らずともそれくらいのことは知っておる」

まるで猫のようにするりと明彩の隣に腰掛けた陽華は、ずいっと顔を寄せてきた。

じろじろと無遠慮な視線に晒《さら》され、身体を縮こまらせていれば、陽華はすぐに飽きたように身体を反らして腕を組んだ。

「人の娘にしてはまあまあだが、人したことはないな。あの涼牙が囲っているというから、もっと美しいかと思ったが、あまりに凡庸。見に来て損をしたわ」

「えっと……」

「涼牙が頑《かたく》なに会わせぬ理由がわかったわ。お前を人に見せるのが恥ずかしいのだろう」

ずいぶんと失礼なことを言われている気がするが、困惑が勝っているのか怒りはわいてこない。

「失礼な！　姫様は誰よりも清廉で美しい御方だ！　主様《あるじさま》に言いつけるぞ！」

思い切り毛を逆立てながら唸《うな》る幺に、陽華は小馬鹿にしたように口の端を吊《つ》り上《あ》げた。

「活《い》きのいい毛玉じゃのう。皮を剥いでもよいが、小さすぎて襟巻きにもなりそうにないな。残念じゃが、涼牙なら出かけておるぞ」

「っ！」

恐ろしい発言に、明彩は慌てて幺を腕に抱え込む。

誰に助けを求めるべきか、明彩は必死に考えをめぐらせる。

「おやめください」

「ん？　妾に意見するのか。たかが人の分際で。おぬし、涼牙に庇護《ひご》されているからと言って調子に乗るでないぞ」

「調子に乗るだなんてそんな……」

明らかに喧嘩腰《けんかごし》な陽華の態度に明彩は困惑する。らんらんと光る瞳が、明彩を苛立《いらだ》たしげに睨《にら》み付《つ》けてきた。

「姫と呼ばれてつけあがっているのじゃろう。里にまで話が聞こえてきたわ。夜叉王《やしゃおう》となる涼牙に、いらぬ瘤《こぶ》がついたとな」

夜叉王。涼牙が望まずとも得てしまった呼称を軽々と口にする陽華に、明彩はわずかな違和感を抱く。そもそも涼牙は、里を継ぎたくないからこそこの場所に来たはずなのに。

「涼牙は、里の頭目となり鬼を統べる王となるのだ。だからこそ早《はよ》う、里に戻ってもらわねば困るというのに」

まるで駄々をこねる子どもに手を焼く母親のようなしぐさで陽華が首を振る。

「おぬしごときに構っている暇はないのじゃ。身の程をわきまえ、大人しくしておれ」

爪が赤く塗られた細く長い陽華の指が、明彩の髪に触れた。明彩を見下ろす瞳には、嘲りが混じっている。かつて、西須央で何度も明彩の心を刺した人々と同じだ。

頭の芯がすっと冷たくなる。

――この人は、涼牙様のことを見てはいない。

明彩に里のことを打ち明けてくれた涼牙の、どこか寂しそうな顔を思い出す。生まれ持った力のせいで孤独に生き、身勝手な周囲の思惑に振り回され、故郷を捨てた涼牙。

「それは、あなたが決めることではありません」

自分でも驚くほどに冷ややかな声が出ていた。

「なんじゃと？」

陽華が明彩の髪から手を離し、両目を細めた。

「私は涼牙様が望んでくださる限りお傍にいます。涼牙様がどこで生きるかは、涼牙様が決めることとです」

「……小娘の分際で……！」

周囲の気温が一瞬にして下がる。吐く息が白くなり、身体《からだ》がずんと重くなる。縁側に手を突いて耐えなければ、その場にへたり込んでしまいそうだった。

「ぅ……」

「姫様！」

玄もまた苦しそうな鳴き声を上げ、床に貼りついている。

陽華の瞳が、琥珀色から石榴《ざくろ》のような赤へと染まっていくのが見える。

「たかが治癒の力を持つくらいで、調子に乗るでない！」

甲高い声で叫びながら、陽華が右手を振り上げた。無事では済まないかもしれない。本能的な恐怖に、明彩はきつく目を閉じた。

だが想像していた衝撃はやってこなかった。代わりに聞こえたのは、耳に馴染《なじ》む声。

「何をやっている」

「ぎゃあ！」

陽華の悲鳴に明彩は目を開けた。

「涼牙様」

「明彩、大丈夫か」

振り上げられていた陽華の腕を、涼牙が摑《つか》んでいた。

「放すのじゃ！　腕が、腕がもげてしまう！」

「黙れ。つけあがるのも大概にしろ！」

涼牙が、摑んだ陽華の腕を振り回すようにして庭の方へとその身体を投げた。そのまま地面にぶつかるかと思った身体は、まるで蝶《ちょう》のようにひらりと舞い、静かに着地した。

「何をするのじゃ涼牙！」

「お前こそ何をしている。明彩は俺の姫だ。それに手を上げた意味を、わかっているのか」

冷え冷えとした涼牙の声に陽華が顔色を変え、たじろぐ。

「ち、違うのじゃ。その小娘があまりに身の程をわきまえぬから……」

「黙れ。言い訳は聞かない」

陽華の反論を一蹴した涼牙が、明彩へと向き直る。

「明彩、大丈夫か？」

陽華に向けるものとはあまりにも違う、優しい表情と声に涙が出そうになった。

「大丈夫です」

なんとか笑みを作れば、涼牙が切なげに眉を寄せた。大きな手が、明彩の手を包む。

「こんなに冷えて……陽華の冷気に当てられたな」

「もう平気ですよ。ほら」

確かに身体は冷たいが、動けないほどではない。

「駄目だ」

「きゃあ！」

涼牙が軽々と明彩を抱え上げてしまった。突然高くなった視界に、明彩は目を回しながら涼牙の肩にしがみついた。

「待ちや！」

陽華が何か甲高い声で叫んでいるが、涼牙は足を止めることなく明彩を抱き上げたまま歩いていく。

「りょ、涼牙様。降ろしてください」

「あいつの力は想像しているよりも強いんだ。頼む、君が心配なんだ」

懇願するような声で言われては逆らえなかった。恥ずかしさと嬉《うれ》しさを噛《か》みしめながら、明彩は大人しく涼牙の腕の中に収まる。

「すまない。君には近づかないように言い含めていたのに」

本気で申し訳なさそうな涼牙に、明彩は慌てて首を振る。

「気にしないでください。その、陽華さんは涼牙様の許嫁、なのですよね？　私、陽華さんに酷《ひど》いことを言って、それで怒らせてしまって」

「何？　今なんと？」

涼牙の声がすっと低くなった。怒らせてしまった、と明彩は血の気が引いた。

「あの、酷いことというのは……」

「違う。その前だ。陽華が俺の許嫁だと？　あいつがそう言ったのか？」

「え？　は、はい」

素直に頷《うなず》けば、涼牙が奥歯を噛みしめた音が聞こえた。

「……殺しておけばよかった」

物騒な言葉に、ひゅっと喉が鳴った。

「あのっ」

「俺の名誉のために言っておく。あれは俺の許嫁《いいなずけ》ではない。里の一部が勝手に話を進めたせいでそういう噂《うわさ》になっているだけだ。一度たりとも認めたことはない」

「そう、なんですか……」

――許嫁、じゃなかった。

思わず頬が緩みかけ、明彩は慌てて表情を引き締める。

そんな話をしているうちに、明彩の部屋に到着していた。涼牙は明彩が止めるのも聞かず、手早く布団を敷くとそこに明彩を横たえ、休むようにと言ってきた。

眠たくなどないと何度か訴えたが、涼牙は譲らず明彩は渋々目を閉じた。大きな手が、優しく明彩の頭を撫《な》でる感触に、あっという間に眠気が全身を包んだ。

陽華の冷気は、想像以上に体力を奪っていたらしい。

「すまない」

夢の世界に落ちる寸前に聞こえた涼牙の声に、明彩は謝らないでと伝えたかったが、声にすることは叶《かな》わなかった。

すうすうと寝息を立てる明彩の寝顔を見つめ、涼牙は安堵《あんど》の息を吐き出す。

——無事でよかった。

明彩に向かって腕を振り上げる陽華を見た瞬間に感じたのは、殺意にも等しい怒りだ。

陽華をあの場で殺さずに済んだのは、そこに明彩がいたからだ。

涼牙にとってなによりも大切な明彩に、血なまぐさいものは見せたくない。

明彩は平静を装っていたが、部屋に連れてきて布団に横たわらせた途端、安心したように眠りについた。

姫とはいえ肉体は人間である明彩に、強い鬼である陽華の冷気は負担だったのだろう。見たところ傷もないし休めば回復する程度だったのが幸いだ。

——やはり、置いていくのではなかった。

金剛の日が近づき、祭りの準備で浮かれた怪異たちはいつもより気が大きくなっているのか、些細《ささい》な諍《いさか》いを起こす。放置していれば、いらぬ騒ぎの原因になることを知っている涼牙は、面倒だと思いながらも、なるべく早く準備の場に足を運ぶようにしていた、特に今は陽華が屋敷《やしき》に滞在していることもあり、大きな騒ぎを起こしてほしくなかったのだ。

まさかその隙を狙って、陽華が明彩に接触を図るとは想像しなかった。

――明彩の部屋には近づけぬように結界を張っていたのに。油断した。

こんなことならば明彩を連れ出すか、面倒でも陽華を同伴させればよかったという後悔がわき上がる。もしあと少し帰ってくるのが遅かったらどうなっていたか。

眠っている明彩を起こさぬように立ち上がり、部屋を出る。悪意を持ったものが近づけないように強く結界を張り直してから、涼牙は自室へと歩き出す。

――決して悲しい思いはさせないと誓ったはずなのに。

この世界に連れてくると決めたとき、涼牙はこの先、絶対に明彩に苦しい思いをさせまいと己に誓いを立てていた。だというのに、最初は烏天狗《からすてんぐ》に拐《かどわ》かされ、今回は陽華が騒動を起こした。不甲斐《ふがい》なさで、言い訳すら思い浮かばなかった。

「……明彩」

口にするだけで、冷え切っている涼牙の心が熱を持つ。小さくて柔らかくてあたたかな、灯火のような存在。涼牙にとって命よりも大事な愛《いと》しい明彩。

本当は、関わるつもりはなかったのだ。遠くから、その無事を見守れればそれで十分だった、はずなのに。

――俺が、間違えたから。

苦い後悔がこみ上げる。

どうしてもっと早く明彩を、あのおぞましい場所から救い出せなかったのだろうか。

悔やんでも過去は巻き戻らない。明彩が苦しんだ時間をなかったことにはできない。

だからせめて、この場所では何の憂いもない日々を過ごさせてやりたいのに。

「俺は、本当に救いようのない愚か者だ」

力なく呟《つぶや》いた声が、先の見える長い廊下に溶けていく。


涼牙が己の立場を知ったのは、生まれて二年ほどした頃だろうか。

怪異は成長が早く、半年もすれば言葉を覚え食事も自力で食べられるようになる。

だから三つを数える頃には、涼牙は人で言えば十歳ほどの成長ぐあいだったろう。

蒼家の頭目を父に持つ涼牙は、何人もの使用人に囲まれながら育てられていた。

欲しいものは何でも与えられどんな願いも叶えられた。

ただ一つ許されなかったのは、産みの母に会いに行くこと。

「お母上は、身体が弱っているのです。元気になったら会いに行きましょうね」

繰り返される言葉に、自分の願いだけでは覆せない何かがあるのだと幼いながらに涼牙は感じていた。

大きな屋敷の最奥で母は療養している。そこは父と決まった使用人しか出入りできないようにしてあり、涼牙は近づくだけで叱責された。

どうして自分の母に会えないのかと癇癪《かんしゃく》を起こしたこともあるが、その度に誰かに酷く叱られた記憶が残っている。

母に会えないぶん、父を恋しいと思ったこともあり、仕事中の部屋に押しかけたこともあった。だが、父は涼牙を見ても何の感情も感じさせない表情を浮かべ、すぐに「あちらに行け」と冷たい言葉を投げつけるばかり。

同じ年頃の子鬼は、母親に手を引かれたり父親の肩に担がれている。愛情を受けて笑う彼らの姿が、妬ましく羨ましくて、涼牙はいつも悲しかった。

どうして自分だけが孤独なのか、と。

その理由をおぼろげに知ったのは、涼牙が五つになった頃だった。

屋敷の外で同じ年頃の子鬼と遊んでいる最中、些細なことで喧嘩《けんか》になり相手を殺しかけてしまったのだ。

はじめて浴びた血の感触は今でも忘れられない。

それ以上に記憶にこびりついているのは、周囲が涼牙に向けた怯《おび》えきった顔だ。

「やはり、夜叉《やしゃ》だ」

誰かがそう言ったのだけが、やけにはっきりと聞き取れた。

夜叉とは、鬼の中でも希《まれ》に生まれる特別強い存在を指す名だと知った。涼牙はその夜叉なのだという。

その証《あかし》は、興奮したときに金に光るこの瞳。夜叉だけが金彩の瞳を持つ。

「あなたはいずれは鬼を統べる王となるのです」

どこか恍惚《こうこつ》とした顔で語る使用人の姿を、涼牙は恐ろしいと感じた。

周りとは違う自分が嫌でたまらなかった。

傷つけてしまうのではないかという恐怖で、外の世界と関わることすらできなくなった。

七つを過ぎた頃には、大人の鬼並みの強さを持つようになっていた。

ある日、涼牙は見張りの目をかいくぐり、奥の間へこっそりと侵入した。

どうしても母に会いたくなったのだ。

気配を殺し、閉じた襖《ふすま》をそっと開ける。

「……！」

そこで涼牙が見たのは、布団に力なく横たわった美しい女性だった。つやつやとした黒髪と、生気のない陶器のように白い肌。閉じられた瞼《まぶた》を彩る睫《まつげ》は長く、まるで人形のように眠っている。

それが自分の母だとすぐにわかった。

涙がこみ上げ胸が苦しくなる。今すぐ駆け寄って母上と呼びかけたい。

そんな衝動を殺したのは、眠る母の傍らに座り込んだ父の姿だ。

何をするでもなくただじっと眠る母を見ている表情は、今にも泣きそうに歪《ゆが》んでいた。

いつも威厳に満ちた父親があんな顔をするなんて。

見てはならないものを見てしまった衝撃に震えながらも、目が離せない。

「……よ」

父が誰かの名を呼んだ。それはきっと母の名前なのだろう。

聞き取りたくて耳を澄ませば、いくつかの言葉が囁《ささや》かれているのが聞こえてくる。それは他愛のない日々の報告だ。季節の移ろいや食事、仕事の話。眠る母に話しかける父は、まるで童のように見えた。

自分のことも話してくれているのだろうかと涼牙はわずかに期待し、耳を澄ませる。

「……子など産ませなければよかった」

だが、聞き取れたのは信じられない言葉だった。

絞り出すような声音に、息が止まる。

父は母の手を、壊れ物を扱うかのように握り、自分の額に押し当てていた。

後悔と怒りに滲《にじ》んだその表情に、涼牙は何もかもを悟ってしまった。

——俺の、せい？

よろよろと後退《あとずさ》り、逃げるようにその場から走り出す。

もしかしたら覗《のぞ》いていたことがバレたかもしれないと思ったが、振り返ることも立ち止まることもできなかった。

予想通り、翌日からは奥の間に新しい見張りが増えていた。

決して涼牙を近づけさせまいという父の意志を感じたが、反発する気は起きなかった。

そうしてようやく、涼牙は自分の母が鬼ではなく花の怪異であることを知った。父に見初められた母は、故郷から連れ出されこの土地に嫁ぎ、子を身籠もった。それが涼牙だ。

弱い花の怪異である母は、強い力を宿した我が子の出産で寿命を削った。

保てて数年と言われた命を父は必死に繋《つな》いでいたのだろう。我が子にすら会わせず、刺激を与えず、絶えず力を注ぎ、必死にその存在を保とうとした。

だが、その努力も涼牙が十を数えた年で意味を失った。

ある朝、屋敷中の花が突然咲き乱れ、一斉に散ったのだ。

それが何を意味するのか涼牙にはすぐにわかった。行く手を阻む見張りを押しのけ、奥の間に駆けつけた涼牙の耳に届いたのは、この世が終わったような父の慟哭《どうこく》だった。

「どうして子など産ませてしまったのか。お前だけがいればよかったのに」

その言葉は、涼牙の胸を抉《えぐ》り血の涙を滴らせた。

何故《なぜ》、生まれてしまったのだろう。

どうして己は夜叉なのだろうか。

涼牙はどこに母が眠っているのかを知らない。父がその骸《むくろ》をどこかに隠したからだ。涼牙に残されたのは、小さな苗木だった。

「これは、御方様が涼牙様にと遺《のこ》していたものです。大切に育ててほしいと。頭目様もお許しになりました」

たった一つ遺された縁《えにし》。

涼牙はその苗木を唯一の家族のように愛《め》で、大切に育てた。

もし無事に花が咲いたら、父と話せるかもしれない。そんな願いを込めて——

過去を振り返っているうちに自室に辿《たど》り着《つ》いていた。部屋に入ろうと取っ手に手をかければ、先客がいる気配が伝わってくる。

わき上がる怒りを押し殺しながら襖を開ければ、部屋の中には当然のような顔をした陽華が立っていた。

「どういうつもりじゃ涼牙！」

全身を怒りで震わせながら近づいてくる陽華を、涼牙は睨《にら》み返《かえ》す。

陽華は分家筋の中でも気位が高いことで有名な家の娘だ。頻繁にこの屋敷《やしき》を訪れては、涼牙に故郷に帰り自分と結婚するべきだと言い募ってくる煩わしい相手だ。どんなに断り、追い返してもふらりとやってきては涼牙の日常をかき乱す。

いっそ殺してしまおうかと思った日もあるが、もし手を出せば同郷の鬼たちが黙っていないだろう。争いになれば涼牙を慕い集まった怪異たちにも害が及ぶからと、やり過ごしてきたのに。

「許さぬぞ！　あんな小娘、今すぐ殺してくれる！」

「今、なんと言った」

一気に距離を詰め、陽華の顎を摑《つか》み指に力を込めた。

「カッ、な、なにをぉ……」

まさか攻撃されるとは思っていなかったのだろう。真っ青になった陽華が慌てて暴れ、涼牙の手をはずそうともがくが、無意味な抵抗でしかない。

「調子に乗るな。俺がお前を殺さぬのは、面倒だからだ。その気になれば、一族もろとも滅ぼせることを忘れるな」

「っ……！」

はじめて陽華が顔色を変えた。

「明彩に手を出せば、その目玉を抉《えぐ》りとってやる」

「きゃああっ！」

怒りのせいで力が制御できず、手のひらに青い炎が宿った。その炎が陽華の白い肌を焦がす。肉の焼ける不愉快な臭いが部屋中にたちこめた。

「二度と明彩に手を出すな。わかったか」

喉を親指で押さえながら凄《すご》めば、陽華はがむしゃらに頷《うなず》いた。

身体《からだ》を床に叩《たた》きつけるようにして解放すれば、陽華は弱った羽虫のように身体を震わせた。涼牙を見上げる顔には、明らかな怯えが混じっている。

「俺は何があってもお前を娶《めと》ることはない。俺が心に決めた女は、昔から一人だけだ」

「ひっ……」

憐《あわ》れっぽく呻《うめ》いた陽華が瞳に涙をにじませ、その場から這《は》うようにして姿を消した。

ようやく訪れた静寂に、涼牙は力なく肩を落とす。

——明彩。

他には何もいらないと思うほどに愛している。どうすれば守れるのか。どうすれば慈しめるのか。涼牙はその答えをまだ見つけられないでいた。


誰かの泣き声が聞こえた気がして、明彩は重い瞼を押し上げた。

部屋の中は薄暗く、布団の外は肌寒い。わずかに聞こえてくる鳥のさえずりに、どうやらあのまま眠って夜明けを迎えてしまったようだと気づく。

ゆっくりと起き上がり部屋の中を見回すが、誰もいない。泣き声は聞き間違いか、夢だったのかもしれない。

襖を開けて廊下に出れば、いつからそこにいたのか玄が小さく丸まって寝息を立てていた。どうやらずっとここで見張っていてくれたらしい。起こすのも忍びないと、そのままにして部屋を出る。

水をもらうために台所に向かっていると、縁側に誰かが座り込んでいるのが見えた。

「……！」

陽華だった。まるで子どものように膝を抱え、小さく丸まっている姿は、昨日、同じ場所で明彩を攻撃してきたものとは別人のように見えた。

部屋に逃げ帰るべきかと思った明彩の耳に、小さな水音が届いた。

──泣いてる？

もしかして先ほど夢うつつで聞いたのは陽華の泣き声だったのだろうか。

呼びかければ、陽華は大げさに身体を震わせながら顔を上げた。

「陽華、さん」

「っ、そなた！」

「……！　その傷どうしたんですか！」

明彩の姿に驚いたように目を見開く陽華の頬には、痛々しい傷跡がついていたのだ。

思わず駆け寄れば、陽華は身体を強《こわ》ばらせ、今にも逃げ出しそうに腰を引く。

「ええい、近寄るでない！」

全身で明彩を拒絶する姿は、まるで威嚇する猫のようだ。昨日は酷《ひど》く恐ろしく感じたものだが、今の陽華は傷のこともありあまり怖くは思えない。

「お前のせいじゃ！　お前のせいで、涼牙に……！」

ぼろぼろと涙を流す陽華に、明彩は息を吞《の》んだ。

「その傷、涼牙様が……？」

「おぬしを殺すと脅したらこの様だ。ええい、憎らしや……！」

ずいぶんと恐ろしいことを言われたが、不思議なほどに恐怖や怒りはわいてこなかった。

「妾《わらわ》の、妾の顔が……」

めそめそと泣きじゃくる陽華が、ただの女の子にしか見えなかったからかもしれない。

「……触れても、いいですか？」

怖がらせないようにそっと距離を詰め、明彩は陽華の頬に手を添えた。振り払われるかもしれないと思ったが、抵抗する様子はなかった。

ざらりとした感触の痛々しさに眉をひそめながら、明彩はゆっくりと陽華の傷に力を流し込んだ。

「動かないでくださいね」

表面だけの浅い傷だったこともあり、ほんの数秒であとかたもなく傷が消えていく。

その感覚がわかるのだろう、陽華が大きな目をさらに見開き明彩を見つめる。

「……もう、大丈夫ですよ」

ゆっくりと手を離しながら声をかければ、陽華が自分の頬におそるおそる手を伸ばす。

頬の感触を確かめるように何度も指先で頬を撫《な》でている。

「本当に、傷が……」

驚きで涙を止め、固まる陽華に明彩は微笑《ほほえ》みかけた。

「これで、殺さないでくれますか？」

「なっ！」

カッと目を見開いた陽華が顔を赤くさせた。

自分でもずいぶんと意地悪なことを言ったと思うが、事実手を上げられかけたのだから、これくらいは許されるだろう。

しばらく黙り込んでいた陽華は、不貞腐《ふてくさ》れたように唇を尖《とが》らせた。

「……おぬし、見た目よりも肝が据わっておるようじゃのう」

「私には、これ《治療》しかありませんから」

じっとりとした視線に苦笑いを返せば、陽華が疲れ切ったように溜息《ためいき》をつく。

「ああ、馬鹿らしや」

美しい髪を振り乱すように頭を振り、ふんと鼻を鳴らしながら陽華は明彩に背を向けた。

「妾は帰る。涼牙にも振られ、おぬしには情けをかけられ……面目まるつぶれじゃ」

「え？」

何か今、聞き捨てならぬことを言われた気がする。

「あのっ」

呼び止めようと声を上げたが、何をどう聞けばいいのかわからない。陽華はそんな明彩の動揺に気がついたのか、面倒くさそうに首だけをこちらに向けた。

「涼牙のやつ、長く想《おも》っている女がいるとのたまいおったのじゃ。腹立たしい」

吐き捨てるように呟《つぶや》きながらも、陽華の表情はどこか寂しげだった。

それ以上のことは言わず、彼女はその場から去っていった。残された明彩は、ただぼんやりとその場に立ち尽くす。

――長く想っている女《ひと》。

陽華から告げられた言葉に、明彩は激しく動揺していた。陽華が許嫁《いいなずけ》だと知らされたとき以上の衝撃に足が震えた。

陽華は許嫁ではなかった。それに安堵《あんど》したのもつかの間、明彩は本当に失恋をしてしまったらしい。

涼牙の気持ちがいつからのものかはわからないが、長く、というのならば最近出会ったばかりの自分ではないことは間違いないだろう。

この恋が叶《かな》わないと知らされる度に、思い知らされる。自分がどれほど涼牙に惹《ひ》かれてしまっているかを。

涼牙に想われる女性が羨ましい。身を焦がすような悲しみと嫉妬に、明彩は静かに涙を流したのだった。

その日の午後。

嬉々《きき》とした様子で部屋に駆け込んできた玄によって、明彩は陽華が屋敷を出たことを知らされた。

どうやらあの後すぐに出立したらしい。

──陽華さんも、哀《かな》しかったのかしら。

陽華が涼牙に抱く感情が明彩と同じかはわからないが、涼牙と結婚すると豪語していた彼女が、涼牙から手酷く拒まれ悲しまなかったわけはないだろう。

「清々しましたね！」

心からそう思っているらしい玄に、明彩は苦笑いを向ける。

「そんな風に言ってはいけないわ、玄」

「姫様は優しすぎます。あんなことをされたのに、どうして許してしまうんですか」

「……どうしてだろうね」

いつの日か、明彩も陽華のようにここを逃げ出す日が来るかもしれない。

誰かを一途《いちず》に想う涼牙の傍《そば》にいることに、耐えられるだろうか。

柔らかな玄の毛並みを撫でながら、明彩はそう遠くない未来について思いを馳《は》せていた。

「そうだ！　姫様、せっかくですから主様《あるじさま》を祭りに誘いましょう。きっと喜びますよ」

「ええ……？」

「あの女鬼はもういません。主様も姫様のお誘いを待っているはずです」

果たしてそうだろうか。

優しい涼牙のことだ。明彩が誘えば応えてくれるだろう。

でもそれは、子どもの誘いを受けるようなものでしかない。

「……いいえ。やめておくわ」

「何故《なぜ》ですか⁉」

「せっかく、自由になられたんだもの。私がお邪魔をしては迷惑よ」

本心を知ってしまった今、涼牙の傍にいることなどできない。今の明彩にできることは、少しでも涼牙と距離を取り、心の平穏を取り戻すことだけだ。

不義理な決断をしている自覚はあるが、どうしても無理だった。

「そんなことありません！　大丈夫ですよ！」

必死に言い募ってくる玄に力なく笑いかけながら、明彩は小さく首を横に振ったのだった。

祭りまであと数日となり、屋敷《やしき》の怪異たちは気もそぞろだ。

台所で豆の筋を取りながら、阿貴が何を着ていこうかとはしゃいだ声を上げていた。

「姫様も、可愛《かわい》い服をしまい込んでないで着ていこうよ」

「……そうだね」

手伝いの手を止めず、明彩は小さく笑いながら返事を誤魔化す。

涼牙からもらった新しい服は、まだ箪笥《たんす》にしまわれたままになっていた。

袖を通してしまったら、せっかくの決意が揺らいでしまいそうだった。でも、そのままにしておけばきっと涼牙は心配するだろう。

それに。

「そういえば、さっき主様が姫様がここにいないかと聞きに来たよ」

どこか探るような阿貴の声に、明彩は一瞬だけ手を止める。

「……何があったのかは知らないか、主様は姫様を本当に心配してるんだ。応えてやっておくれよ」

あの日から、明彩は涼牙を避けていた。

とはいえ、完全に顔を合わせていないわけではない。役目の話はするし、顔を合わせれば雑談だってする。でも、それ以上は踏み込まないようにしていた。

玄や峡は明彩の態度を不審に思いつつも、しばらくはそっとしておいてほしいという頼みを聞いてくれている。阿貴や他の怪異たちも、なんとなく明彩の態度から感じるものはあるようだが、問い詰めるようなことはしないでくれていた。

物言いたげな涼牙の目線から逃げるように二人きりになるのを避け、会話をするときも目を合わせないようにしている。

「それとも、姫様は主様が嫌いかい？」

「まさか！」

いっそ、嫌いになれればこんなに苦しまないだろう。

今だってこの力を涼牙のために役立てたいと思っているし、何かあればこの身体《からだ》を投げ出してもいいと思えるほどに感謝している。

だが。

「……少しだけ、時間が欲しいの」

気がついてしまった恋心を整理するだけの時間が欲しかった。

笑って涼牙と他愛のない会話をするだけの勇気が持てるまで、待っていてほしい。

「だったらいいが。ときどきでいいから、姫様から声をかけてやっておくれ……あれじゃあ、不憫《ふびん》でならない」

「え？」

呟かれた言葉の後半がはっきりとは聞き取れず聞き返したが、阿貴は苦笑いを浮かべるばかりで何も応えてはくれなかった。

自室で紙に筆を走らせていた涼牙は、本日何度目かになる書き損じに苛立《いらだ》ったように紙を丸めた。筆を置き、仕切り直しだと新しい紙を広げるが、ふたたび文字を書く気力がわいてこない。

頭に浮かぶのは、小さな背中。

――避けられている。

陽華が帰った翌日からだろうか。明彩と顔を合わせる機会がめっきり減っていた。

呼び出せば応えるし、顔を合わせれば会話をしてくれる。

だが、目を合わせない。あの艶《つや》やかで可愛らしい瞳が見えないのが苦しくて寂しい。柔らかで穢《けが》れのない笑みを、もう長いこと見ていないような気がする。

――まさか、今になってここに来たことを後悔しているのか。

認めたくないが、思い当たる節は山のようにあった。常に人ではないものに周りを囲まれ、見張られていると感じていたら。治癒の力を使うことを苦痛に思っていたら。何より、陽華に攻撃されたことで鬼に恐怖を抱いてしまっていたら。

――絶望的だな。

この屋敷で明彩を大切にしようと思っていたくせに、結局は怖がらせてしまった。

あの笑顔を傍で見られるだけで十分だと思っていたのに。

――この手に欲しいと思ってしまった俺のあさましさのせいだろう。

同じ屋敷で暮らし、寝食を共にするうちに欲が出た。このまま永遠に傍に置いておくだけではなく、明彩の心まで欲しいと。あの笑顔を自分だけのものにしてしまいたいと、何度も不埒《ふらち》な気持ちを抱いてしまった。

きっと、陽華の来訪はそんな涼牙への罰だったのだろう。

――俺にはそんな資格などないというのに。

短く唸《うな》りながら、涼牙は真っ白な紙をぐしゃりと握りつぶす。

もう今日は仕事にはならないだろう。

「明彩」

みっともなく、すがるような声がこぼれた。本当はもうわかっていた。手放してやるべきだと。ここに置いておけば、いつかのように明彩の力を狙った輩《やから》に手を出される可能性もある。

故郷の鬼共が陽華のためにと明彩を狙ってくることも十分に考えられる。ここではない、誰も明彩の力を知らぬ場所にその身を隠させ、力など使わなくても安心して過ごせる生活を送らせてやればいい。

どこかで無事に明彩が暮らしているという事実だけを糧に生きていければ十分だろう。

「……情けない男だ、俺は」

ふんぎりがつかないのは、明彩という存在を手元に置く喜びを知ってしまったからだ。

手を伸ばせば触れられ、言葉を交わせる幸せが、他で補えるわけがなかった。

手放したら最後、二度と会えないかもしれない。

――嫌だ。

心の中にいる小さな己が地団駄を踏むのがわかった。

明彩が欲しい。明彩だけが、欲しい。

いっそ、この気持ちを全て暴露してしまえたらどんなにいいだろう。

この胸を裂いて心臓を差し出せば、明彩は信じてくれるだろうか。それとも、全てを知って涼牙を軽蔑するだろうか。

答えの出ない問答を一人繰り返しながら、涼牙は皺《しわ》のついた紙をゆっくりと広げ直したのだった。

# 四章　夜叉王の最愛

鈍い打撃音が、広い座敷《ざしき》に響く。

「馬鹿者！　そのような報告が聞きたいわけではない！」

「申し訳ありません」

頬を殴られた黒服姿の退魔師が、畳に額をこすりつけながら必死に謝っている相手は、史朗《しろう》だった。

「半年もかけてわかったことが、あの山に明彩《めい》の痕跡が何一つないことだけとはどういうつもりだ。せめて亡骸《なきがら》なり、身体の一部でも見つけてこい！」

口角に泡を作りながら怒鳴る姿は醜悪そのものだ。

行方不明になった娘を心配するどころか、死んでいる証拠を持ってこいというのだから。

座敷に控えている退魔師たちの顔色は蒼白《そうはく》だ。少し離れた場所で正座をしたままそれを見ている壱於《いお》は、一人静かに奥歯をすりあわせた。

半年前。

正式な退魔師となるべき儀式のために訪れた、怪異が跋扈《ばっこ》する山中。

そこで壱於は鬼に出会った。恐ろしくも強靭《きょうじん》な鬼は、壱於の付添人だった佐久間《さくま》と明彩を攻撃し、壱於の命までも奪おりとした。

壱於は何とか二人を助けようとしたが、敵《かな》わず、命からがら退散。

退魔師を集めふたたび山に戻ったところ、参道の入り口付近で倒れている佐久間を発見。大きな怪我《けが》はないものの、いまだに意識は戻っておらず地元の病院で眠り続けている。

逃げ遅れたと思われる明彩だけは、半年経《た》った今でも見つかっていない。

それが、壱於と両親が作り上げたあの日の出来事だ。

──くそっ。

本当は鬼の力に恐れおののき、壱於は一人で逃げ出したのだ。史朗や名うての退魔師たちを連れ山に戻ったときには、誰の姿もなかった。

──どこに行ったんだ。

佐久間はともかく、無力な明彩に手を出すはずがないと高をくくっていた壱於は酷《ひど》く狼狽《うろた》えた。まるで何もなかったように整然とした場所に立ち尽くすしかなく、何があったか問い詰めてくる史朗に返事もできなかった。

佐久間と明彩が鬼に食われた。そう考えるのが自然な状態だった。しかし、その予測は意外な形で裏切られることになる。

佐久間が、山の麓で倒れているところを発見されたのだ。

目を覚ませば、明彩がどうなったのか聞くことができる。

だが、史朗は壱於の予想を裏切る決断を下した。

『佐久間にはこのまま眠っていてもらう』

倒れている佐久間に、史朗は眠りの術をかけた。人に使ってはならぬ外道の術だ。

『我が家の管理する杜《もり》に鬼が現れたうえ、壱於の儀式が失敗したなどという事実を本家に報告されるわけにはいかない。ことが片付くまで眠っていてもらう』

どこまでも利己的な史朗の言葉に、壱於は従うしかなかった。

事実、壱於の儀式に関係のない怪異をいたぶり、結果として鬼をおびき寄せてしまっている。しかも、壱於は佐久間のことを殴っている。それが表沙汰になれば、本家からなんらかの処罰が下されるだろう。

それだけは絶対に避けたかった。

「明彩の生死どころか、鬼の正体もわからぬなど……」

困り果てた様子で史朗は頭を抱える。史朗のもくろみでは、佐久間を眠らせている間に、杜に現れた鬼の正体を暴き、自分たちに都合の良《い》い物語を作るつもりだったのだろう。

「壱於、他に何か覚えていることはないのか」

「……何も。最初に報告した通りだよ」

苛立ちを押し隠しながら、壱於はあのときのことを思い出していた。

壱於を圧倒した黒い鬼。手も足も出なかった。相手はほとんど力を使っていなかった。

これまで天才だと褒《ほ》め称《たた》えられてきた壱於にとって、あれははじめての敗北だ。

羽虫のように震えながら逃げ出すことしかできなかった自分を思い出すだけで、叫び出したくなるほどの屈辱がこみ上げてくる。

「明彩め。生きてるのか、死んでいるのか……本当に迷惑なやつだ」

吐き捨てるような史朗の言葉に、壱於はわずかに片眉を上げる。わかっていたことだが、史朗はひと欠片《かけら》も明彩を心配などしていないのだ。

「明彩がいなくなったせいで散々だ……！」

足を踏みならしながら暴れる姿は滑稽で、笑い出したくなる。

「逃げた怪異どもはどうなった」

退魔師たちの練習道具にと捕らえていた怪異たちが道場から一斉に姿を消したのは、明彩がいなくなってから数日後だ。

道場を覆っていた結界にほころびが生じたせいで、逃げ出してしまったらしい。屋敷を囲んでいた塀にも穴が空いていたせいで、まんまと外に逃げられてしまった。

「もしあれらが人を襲えば一大事だ！」

史朗の懸念は、逃げた怪異が人間への恨みを募らせ攻撃的になっているかもしれないということだ。西須央《にしすおう》の屋敷近くで、怪異による事件が増えればそれは汚点となってしまう。

「調べたところ、山に入ったところまでは把握できました。ですが、どれも弱い怪異なのであの場所に入られると探索のしようがなく……」

「役立たずが!!」

ふたたびの怒号に、座敷の空気がびりびりと震えた。

「娘だけでなく、雑魚すら見つけられないとは。それでもお前らは退魔師か！」

——人探しは退魔師の役目ではないだろうに。

叱りつけられている退魔師たちも同じ気持ちなのだろう。呆《あき》れと憤りがにじんだ視線を喚《わめ》く史朗に向けている。不満が溜《た》まっているのがひしひしと伝わってくる。

史朗に命じられた彼らはこの半年、三日と空けずあの山を浚《さら》った。だが、明彩の髪の毛一本すらも見つけられていない。

「くそっ……もうすぐ本家の監査が来るというのに」

史朗の声に焦りがにじむ。

こんなにも必死に史朗が明彩を探させているのには、理由があった。

「一体、誰が佐久間のことを本家に漏らしたんだ。隠していたのに……！」

佐久間は元々本家に属していた退魔師だ。その佐久間が半年も意識を取り戻していないことを知った本家が、この西須央にやってくるという通達が来たのだ。

もしその流れで明彩が行方不明になったことや、鬼に遭遇しながらみすみす取り逃がしたことが表沙汰になれば、どんなペナルティが科されるか。

全てを隠すためにも、史朗は明彩を見つけ口裏を合わせようとしていた。

「やはり、お嬢様は鬼に食われたのではないでしょうか」

我慢できなかったのか、若い退魔師が声を上げた。無駄なことはもうやめようと訴えたいのがよくわかる。

「病気か事故で、亡くなったことにしましょう。そうすれば、本家だって……」

「姉さんは死んでない」

言い募る退魔師の言葉を、壱於が遮る。

「どうしてそう思うのです！　もう半年ですよ！　無事なわけない！」

「姉さんの力を忘れたの？」

「っ……！」

場の空気ががらりと変わる。

「怪異が、姉さんの力に気づかないわけがない。捕まって利用されてるはずだ。きっとあちら側に捕まってるに違いない」

「壱於、お前……」

「父さんだってわかってるだろ。姉さんの力は俺たちには役立たずだけど、連中にしてみれば便利すぎる。きっと今頃、こき使われてるさ」

想像できるのだろう。退魔師たちは顔を見合わせ、声を潜め何ごとかを囁《ささや》き合《あ》っている。

壱於の言葉の信憑性《しんぴょうせい》を探っているのだろう。

怪異だけを癒やす特別な力。退魔師としてあるまじき異能。

そのせいで明彩は役立たずだと見下され、ずっと虐げられてきた。

――鬼は、何故《なぜ》か姉さんには手を出す気配がなかった。

事件のあとしばらくは、恐怖と興奮で曖昧だった記憶は、時間が経つにつれてだんだん鮮明になっていた。

あのとき、鬼のプレッシャーで壱於と佐久間は苦しめられた。だが、何の耐性もないはずの明彩は戸惑うばかりで苦しむそぶりは見せなかった。

つまり、鬼は明彩を攻撃対象と見なしていなかったことになる。

何より逃げ出した壱於が最後に振り返ったとき、何故かあの鬼は明彩を見ていた。

その表情は、壱於を睨《にら》み付《つ》けていたときとはまったく違う。恐ろしいほどに美しい口元が、わずかに緩んでいるのが見えた。

——絶対に許さない。

あの鬼は明彩の力に気がついたのだ。利用しようと決めて、連れ去ったに違いない。

「俺がもう一度山に行く。きっと姉さんを見つけられるはずだ」

この半年、壱於は何もしていなかったわけではない。

明彩があの山にいないのならば、異界に連れ去られた可能性が高い。だったら、連れ戻すまでだ。

「しかし、どうやって」

「僕が天才なの忘れたの？　あちら側から姉さんを救出するくらい簡単さ」

本当はずっと調べていた。異界へと繋《つな》がる道を作るのには、膨大な術式が必要だ。半年かけて、ようやくその全てが整った。

「姉さんを無事に連れ戻したら、鬼がまた追いかけてくるだろう。そこを全員で叩《たた》くんだ。鬼を倒したともなれば、この西須央の名は本家どころか、全国にも轟《とどろ》くことになる」

退魔師たちの表情に驚きと、少しの期待が混じる。

ここ数年の間、鬼が姿を現したという報告は上がっていない。それほどまでに鬼は希有《けう》な存在だ。それを倒したとなれば、一気に名声を手に入れられるだろう。

「父さんもそれがいいって思うよね」

「……ああ。そうだ、そうだな。流石《さすが》は壱於だ！」

さっきまで怒り散らかしていたのが嘘《うそ》のように、史朗は興奮した面持ちで瞳を輝かせている。鬼殺しという途方もない名誉に目がくらんでいるのだろう。

——吐き気がする。

本当にあさましい男だ。自分がこの男の血肉から作られたなんて、考えるだけで嫌になる。母である小百合《さゆり》も同様だ。明彩が行方知れずになったと知った途端、これまで散々虐げてきたくせに、さめざめと泣いてばかりいる。

かわいそうだと明彩を憐《あわ》れむ姿は醜悪だ。

小百合は決して明彩を心配しているわけではない。娘を失った母親という立場に酔っているだけだ。

「姉さんを助けてあげよう。鬼に囚《とら》われて終わる人生なんて、あまりに憐れだよ」

「本当にお前は姉想《あねおも》いなよい子だ。明彩が少しでもお前のようであれば……」

壱於を褒めながらも、明彩を見下す発言を怠らないのは一種の才能なのだろう。

退魔師たちとこの先の打ち合わせをし、壱於は座敷《ざしき》を離れた。

自分の部屋に入ってようやく大きく息を吐く。必要最低限のものしかない部屋の中はどこか冷え切っている。机の上にはわずかな勉強道具だけが並んでいた。

一番上の引き出しを開ければ、そこにはかつて明彩の髪を彩っていた花の髪飾りが入っている。握りつぶしたせいで歪《いびつ》な形になったそれを、指の先で押しつぶすようにして弄ぶ。

――姉さんだけ、この家から逃げるなんて許さないからね。

持って生まれた才能を見込まれた壱於に自由などなかった。毎日のように訓練ばかりを押しつけられ、人並みの楽しみなど経験しないまま今日まで生きてきた。

学校でも、同級生たちが流行の音楽や本を読んで笑う姿を遠目で眺めるばかりの日々。

自分の欲ばかりを追いかける両親には、ずいぶん前に見切りをつけていた。信頼も、信用も、尊敬もない。あるのは、醜い憎しみだけ。

壱於が苦痛と孤独に耐えられたのは、明彩がいたからだ。

自分以上に、みじめな姉。誰からも愛されず、認められない明彩の存在だけが壱於の心を支えた。ああはなりたくない。あそこに落ちたら終わりだ。

それと同時に、眩《まぶ》しくも思っていた。

どんなに虐げられても明彩の瞳は優しいままだ。壱於を案ずる声と表情は、両親や周りの人間とは違う、心からものだとわかった。

憐れでかわいそうな、壱於の片割れ。

いつか自分が出世したら両親を追い出し、姉を自分だけのものにしようと決めていた。

傍《そば》に縛り付けて、壱於だけに尽くさせようと。

なのに。

「くそっ……」

あのとき、佐久間を助けに行こうとした明彩を無理にでも連れて帰るべきだった。

伸ばした手が宙をかいたとき、鬼など恐れずに駆け戻ればよかったのに。

「必ず助けてあげるからね、姉さん」

鬼に囚われているであろう明彩。

きっと酷《ひど》い目に遭わされているだろう。相手は鬼だ。もしかしたらもう、どこかが欠けてしまっているかもしれない。

――それもいいな。

なりそこないからガラクタに成り下がった明彩は、きっと今以上に疎まれる存在になるだろう。そうなれば、本当に明彩には壱於だけになる。

「フフッ」

歪な笑みを浮かべながら、壱於は引き出しをしっかりと閉めた。

＊＊＊

涼牙《りょうが》が三日ほど家を空けると聞かされたのは、それこそ金剛の日を三日後に控えた昼のことだった。

自分から避けているにもかかわらず、涼牙の気配が感じられないことに気がつき、つい玄に所在を聞いてしまったのだ。

何でも、明け方に突然思い立ったように出ていってしまったらしい。

これまでにも何度かそうやってふらりと屋敷を空けることがあったらしく、周囲は特に驚いた様子もない。

「祭りの当日には戻ってくるそうですよ」

気遣うような視線を向けてくる玄からは、涼牙が戻ってきたら一緒に祭りに行ってやってほしいという願いが感じられた。

結局いまだに涼牙とはうまく会話できないままになっていることで、玄たちには心配をかけ続けている。

彼らにしてみれば、主《あるじ》である涼牙を蔑《ないがし》ろにしているようにも見える明彩を気遣う理由などないだろうに、こうやって心を寄せてくれる優しさが、ただ嬉《うれ》しい。

「じゃあ、一緒にお祭りに行けるね」

「そうですね！」

ぱっと表情を明るくさせた玄に明彩は笑顔を向けた。

――もう、いい頃合いなのだろう。

まだ涼牙を思えば胸がじくじくと痛む。

それでも皮肉なもので、辛《つら》いことや悲しいことに明彩の心は慣れていた。家族や周囲から愛されず虐げられてきた日々で、心のどこかがすり切れてしまっているのだろう。

はじめての恋が叶《かな》わぬ辛さも、緩やかにだが受け止められるようになっていた。それはたとえ想《おも》い想われる関係になれなくても、涼牙が優しいままだとわかっているからだろう。

――きっともう大丈夫。そう、きっと。

自分に言い聞かせるように心の中で呟《つぶや》いて、明彩は前を向く覚悟を決めた。

「姫様。あとで裏の林に行きませんか？」

屋敷の裏手に広がっている林は敷地が繋がっていることもあり、これまでも何度か行ったことがあった。

庭同様、短い期間に四季が移ろう不思議な場所で、山菜や木の実などの山の幸が豊富に採れるのだ。

「喜んで」

ここ最近は大きな治療を必要とする怪異は少なく、明彩も忙しいということはない。外に出て、気分転換をするのもいいかもしれないとわずかに胸が弾むのを感じる。

玄と峡、それ以外にも小さな怪異を伴い、明彩は屋敷を出た。

林の一角は竹林になっており、風がさらさらと葉を揺らす音が心地よく響いている。

「竹を何本か切るので姫様は少し離れていてください。玄、目を離すなよ」

「わかってるよ！」

手際よく竹を切り出す峡から少し離れ、明彩は玄や小さな怪異と一緒にきのこなどを採ってくることにした。

「ひめさま、ひめさま」

うまく言葉の話せぬ怪異たちは、舌足らずな子どものように明彩を呼ぶ。

それらひとつひとつに優しく応えながら、明彩は手に抱えた籠をいっぱいにしていく。

──これを、きっと幸せと呼ぶのね。

これ以上を望むのは、贅沢《ぜいたく》でしかない。ようやく手に入れた居場所を大事にしよう。

心の中で明彩は静かにそう噛《か》みしめていた。

「………？」

遠くで、なにか奇妙な音が聞こえた気がして明彩は手を止める。

玄や怪異たちは気がついていないのか、山菜採りに夢中だ。

気のせいかと思ってふたたび地面に目を向けるが、やはり何かが聞こえてくる。

「……ねぇ、玄。何か聞こえない？」

「え？」

思い切って尋ねてみれば、玄は小さな耳をパタパタと動かし周囲を探るように首を動かした。

「何も聞こえませんが……」

それでも明彩の様子にただならぬものは感じているのだろう。不審そうに視線を巡らしてくれている。他の怪異たちも明彩と玄につられ、あたりをきょろきょろと見ている。

「おとがする」

小さな怪異たちの中でも比較的賢い、小さな蛙《かえる》が林の奥をじっと睨み付けるように動きを止めた。

明彩もまた蛙が見つめる方へと目を向ける。

何もないはずなのに、何故《なぜ》か目が離せない。心の奥がざわざわと落ち着かない。じわりと額ににじんだ汗がこめかみを伝うのを感じた。

「……！」

突然目の前に細い避け目が現れる。血が噴き出す寸前の生傷のような、不気味な色した裂け目。背後で、玄や峡が何か叫ぶのが聞こえた。

「ぎゃあ！」

「っ!!」

裂け目から伸びてきたのは、人間の腕だ。

腕はためらいのない動きで裂け目の真正面にいた蛙を鷲掴《わしづか》みにする。そしてそのまま、裂け目の中へ引きずり込んでいった。

「駄目っ！」

ほとんど反射的に明彩は蛙へと手を伸ばす。勢い余って裂け目の中に入り込んでしまった明彩の手を、誰かが強く摑んだのがわかった。

「――見つけた」

冷たい声に、明彩の心臓が凍り付く。聞き覚えのある声に鼓膜を撫《な》でられ、耳鳴りがした。強い力で引きずられ、裂け目の中に身体《からだ》が入り込んでいく。

世界が一瞬で真っ黒に染まった。

「姫様!!」

悲鳴じみた玄の声。駆け寄ってくる怪異たちの足音。

それらがどんどんと遠ざかっていくのがわかった。

永遠にも思えた暗闇は、突如として眩しいほどの光に包まれる。

「っ……!」

全身が地面に叩《たた》きつけられた。

身体を起こすために手を突けば草と土がわずかに濡《ぬ》れてぬかるんでいる。肌を汚す不快感に顔をしかめながら身体を動かせば、全身に鈍い痛みが走る。

「ううっ……」

思わずこぼれた呻《うめ》き声《ごえ》に、誰かが頭上で笑うのを感じた。

「久しぶりだね」

「え……?」

その声に、明彩は弾《はじ》かれたように顔を上げる。

「思っていたより元気そうで驚いたよ」

不気味なほど優しい笑みを浮かべた壱於が、明彩を見下ろすようにして立っていた。

理解が追いつかず、その顔を呆然《ぼうぜん》と見つめる。

「壱於？」

信じられないと周囲を見回せば、そこは先ほどまでの林ではなく、見覚えのある景色。

「ここ……まさか」

ざっと血の気が引く。指先が痛いほどに冷たくなり、唇が震えた。

信じたくない。あってはならない。そんなわけがない。頭の中をたくさんの否定の言葉が駆けめぐる。

これは悪い夢に違いないと何度も瞬《まばた》く。

でも、目の前の壱於は消えずにそこで微笑《ほほえ》んでいた。伸びてきた手が、幼子を労《いたわ》る母のように優しく明彩の髪を撫でる。こんな風に優しくされたことなど、これまで一度もないのに。

身体の内側から、ひやりとしたものがこみ上げてくる。

「おかえり、姉さん」

残酷に告げられた真実に、明彩は引《ひ》き攣《つ》った悲鳴を上げた。

引きずられるように連れ戻された半年ぶりの西須央は、何も変わってはいなかった。むしろ悪くなっているような気がする。久々に顔を合わせる退魔師たちの視線は、以前に増して冷たく憎しみすらこもっている。

荒れた空気に満ちた座敷《ざしき》の片隅で、明彩は小さく身体を縮こまらせていた。どすどすと荒っぽい足音が近づいてきて、襖《ふすま》が乱暴に開けられる。

「明彩！　貴様！」

「お、お父様……」

眉を吊《つ》り上《あ》げ、目を三角に尖《とが》らせた史朗が、勢いよく座敷に入ってくる。

そのまま明彩の傍《そば》まで大股で近づいてきたかと思えば、勢いよく右手を振り上げた。

「お前は、自分が何をしたのかわかっているのか！」

思い切り頬を叩かれ、明彩は転げるように床に倒れ込む。一度では満足しなかったのか、史朗がふたたび腕を振り上げた。

「やめなよ父さん」

史朗の手を掴んで止めたのは、壱於だった。

その光景に、明彩だけではなく史朗や部屋にいた退魔師たちも目を見開く。

これまでどんなに明彩が酷《ひど》い目に遭っていても静観を貫いていたのに、と。

「壱於！　何故止める！」

「外聞が悪いからだよ。もうすぐ本家から人が来るんでしょう？　姉さんの顔が腫れてたら、どう言い訳するつもりだよ。せっかく連れ戻した意味がないだろう」

「そ、そうだな……」

妙に饒舌《じょうぜつ》な壱於の言葉に、史朗は頷《うなず》くとすぐに腕を下ろす。

明彩はそんな二人のやりとりを見つめ、ぱちりと大きく瞬いた。

「本家？　本家が、どうして」

「ああ。姉さんは知らないんだったね。佐久間、あれから意識を失ったままなんだよ。半年間ずーっとね」

「……!!」

想像もしていなかった事実に、声にならない悲鳴が漏れた。

あの日、壱於に殴られ倒れた佐久間。涼牙には助けてほしいと懇願したし、涼牙も見逃すと言っていたのに。

明彩の動揺を楽しむように微笑みながら、壱於はしゃがみ込んで顔を覗《のぞ》き込《こ》んでくる。

大きな瞳がらんらんと輝いて、心の中まで見ようとしているようだった。

「どうやらあの鬼が放った力に当てられてしまったみたい」

そんなわけないと明彩が首を振るが、壱於は止まらない。怖い怖いとわざとらしく身震いして自分の肩を抱いてみせる。

――だって、佐久間さんが倒れたのは、壱於が。

そうはっきりと言いたいのに、頭の理解が追いつかず言葉が喉に貼りつく。

「佐久間は、元々本家の退魔師だったろ？　どうも向こうが事情を知ったらしくて見舞いついでに西須央の監査に来ると連絡があったんだ。それも昨日。面倒だよね」

「まったくだ……いらぬ騒ぎを起こしてくれたものだ」

壱於の言葉に史朗も億劫《おっくう》そうに頷く。二人ともまるで佐久間の心配をしていないのが異常だった。

おかしい、と緩く首を振った明彩に壱於がせせら笑いながら顔を近づけてきた。

「……余計なことを言ったら、どうなるかは……わかってるよね」

耳元で囁《ささや》くように告げられる。

「もし本当のこと言ったら、僕、破門されちゃうかも？　いいの？」

「っ……！」

明確な脅しに返事をすることもできず、明彩は身体を細かく震わせた。

その反応に満足したのか、壱於は低く笑った。

「怖かったろう？　無理矢理さらわれ道具にされるなんて。かわいそうな姉さん」

「そんな、ち……」

違う、と叫びかけた口を壱於の手が塞ぐ。先ほど、史朗に殴るなと言ったばかりなのに、その爪の先が明彩の頬に刺さって鋭く痛む。ぷつっと肌が裂ける音が聞こえた。

「綺麗《きれい》な服を着せられて……まるで人形だね。どんな扱いをされてたの？　ペットみたいに可愛《かわい》がってもらった？」

嘲りを含んだ言葉に、じわりと目元が熱を持つ。

悔しくて、腹立たしくて、許せない。

「やめて!!」

顔を摑んでいた手を、思いきり振り払った。

「なっ……！」

まさか抵抗されるとは思っていなかったのか、体勢を崩した壱於は畳に尻餅を突く。大きく目を見開き、明彩を見る顔には驚きの表情がありありと浮かんでいる。

周りにいた退魔師や、史朗も啞然《あぜん》とした顔で明彩を見ていた。

「何も知らないくせに！　彼らは……涼牙様は……」

掠《かす》れた声しか出ないのが情けない。頬を伝う熱い感触に自分が泣いているのがわかる。

戻りたい。帰りたい。会いたい。身を焦がす衝動が喉の奥からせり上がってくる。

——涼牙様。

恋しさで、どうにかなってしまいそうだった。忘れようとしていたくせに、もう会えないかもしれないとなった途端に、みじめったらしいほどの恋心が暴れ出す。

同時に感じたのは、生まれてはじめての怒り。

これまで、どんな酷い扱いを受けても、明彩は悲しむことしかできなかった。どうして自分だけ、何故、と問いかけることしかできなかった。

でも、今は違う。

「怪異は、あなたたちよりずっと優しかった。私を認めてくれた。必要としてくれた……大切に、してくれた」

明彩にとって涼牙たちと過ごしたあの場所は、何よりも大切で愛《いと》しく美しいところだ。

生まれてはじめて、生きていてもいいと思えた。

誰かに必要される幸せを。ありがとうと言ってもらえる喜びを知った。自分にも価値があるのだと、ほんの少しだけど実感できた。無遠慮に、踏みにじられたくない。

「彼らは私を道具扱いなんてしていない。私は、望んであちらに行ったの」

まっすぐに壱於を見つめ、明彩は短く息を吸う。

「彼らを侮辱しないで」

壱於から、表情が抜け落ちる。まるで真っ白な紙になったように、何の感情も描かれていないその顔を明彩はまっすぐに睨《にら》み返《かえ》した。

絶対に譲れない。自分のことをどう思われても構わない。でも、涼牙たちを見下すことだけは許せなかった。

「……どうやら姉さんは、鬼に魅入られたらしい」

怖いほどに静かな声で呟《つぶや》くと、壱於はゆっくりと立ち上がる。

「誰か、姉さんを牢《ろう》に」

「っ、いやっ！」

逃げ出すべきだったのに咄嗟《とっさ》に動けなかった。明彩の腕を、退魔師たちが押さえ込む。

「安心して。姉さんをおかしくしてる鬼は僕がちゃぁんと退治してあげるから」

「何をする気なの!?　お願いやめてよ！」

「どうして止めるのさ、姉さん。怪異は僕たちの敵だよ。しっかりしてよ」

「人に危害を加えていない怪異に手を出してはいけないはずよ！」

異界に暮らす怪異たちは、明彩に何もしていない。

彼らのほとんどは、人間に無害だ。間違ってこちら側に来てしまったせいで、おかしくなるものがいるだけなのに。

「どうやら姉さんは正気じゃないようだ」

「壱於！」

「佐久間が意識を取り戻していないのを忘れた？　あの鬼は間違いなく、悪だよ」

「違う、あれは……」

　あの日、最初に佐久間を傷つけたのは壱於ではないか。明彩がそう叫ぼうとした瞬間、壱於の手が明彩の口を塞ぐように顎を摑《つか》んだ。

「あの鬼はきっと姉さんを取り戻しに来る。僕にはわかるんだ」

　低く冷たい声に、明彩は息を呑《の》む。明彩を見つめる壱於の瞳はどこか仄暗《ほのぐら》く輝いており、心臓が凍り付きそうな恐怖に囚《とら》われる。

「しっかり閉じ込めていてくれ。ああ、くれぐれも傷つけるなよ」

「……は……壱於！　お願い、話を……んぐっ！」

　壱於の手が離れると同時に、明彩の口に猿ぐつわがかけられる。

　手際よく両腕を後ろで縛られ、身動きがとれなくなった。

　そしてそのまま、まるで荷物を運ぶように持ち上げられ、悔しさに涙がにじむ。

　襖が開け放たれ廊下に連れ出された。見慣れているはずの光景なのに、どこか寒々しい廊下に、爪先が温度をなくす。

どこに連れていかれるのかと明彩が緊張していると、後ろで壱於が「そうだ！」とやけに大きな声を上げた。

「鬼を呼び寄せるのに、少しだけ姉さんをちょうだい」

「んんっっ……!?」

大股で近寄ってきた壱於の手には小刀が握られている。

恐怖で固まる明彩の頬を優しく撫《な》でた壱於は、ためらいのない動きで小刀を動かすと、ぶっつりと嫌な音を立て、髪を一房切り落とす。

それを懐にしまうと、壱於はにっこりと微笑《ほほえ》んだ。

「……姉さんは一生ここで生きるんだ。僕の傍でね」

楽しげな声と表情なのに、瞳だけは昏《くら》い
とてもよくないことが起きようとしているという予感に、肌が粟立《あわだ》つ。

――涼牙様。

壱於に後れを取るとは思えないが、もし少しでも涼牙が苦しむことになったら、明彩は絶対に自分を許せない。

明彩のことなど忘れてくれても構わないから、どうか無事でいてほしい。壱於の誘いになど乗らないでほしい。

　祈るような気持ちで願いながら、明彩はくぐもった悲鳴を上げたのだった。

＊＊＊

　屋敷《やしき》に戻った涼牙を出迎えたのは、どうか殺してくれと地面に額をぶつける峡だった。その横では、玄が大きな瞳からぼろぼろと涙を流してしゃくりあげている。

「姫様が、姫様が……」

　訴えは要領を得ず、涼牙はただここに明彩がいないという事実に激しく動揺し、息をするのも忘れて呆然《ぼうぜん》と立ち尽くしていた。

　阿貴《あき》や他の怪異たちがしっかりしろと騒ぎ立ててくれたことでようやく我に返った涼牙は、その場にいた怪異たちから話を聞き集め、明彩に何が起こったのかを理解した。

　このままでは本当に死んでしまいそうな峡を引き起こし、玄と並べて縁側に座らせる。

　どちらも見ていて苦しくなるほどに憔悴《しょうすい》しており、怒りをぶつける気にもならなかった。こみ上げてくるのは焦燥感と後悔だ。

　――また、俺のせいだ。

ここならば安全だと思い込んで、他の者に任せて傍《そば》を離れてしまった。いつだって傍に置いて、守ってやると決めたのに。

——明彩。

目が合うといつも一瞬だけ驚いたように目をみはり、それからふわりと微笑む。その顔が、たまらなく愛しい。

もしかしたら、あの笑顔を二度と見られないかもしれない。

許されない未来を想像しようとするだけで、頭がどうにかなりそうだった。

「我らの油断です。本当に申し訳ありません」

「主様《あるじさま》、玄を罰してください。玄が全部悪い」

目を離したら本気で自害してしまいそうな峡と玄を交互に見遣《みや》り、短い溜息《ためいき》を吐く。

「お前たちに何かあれば、明彩が戻ってきたとき悲しむだろう」

はっとしたように上げた顔を歪《ゆが》ませる姿に、涼牙は力なく首を振る。

「責めるつもりはない。油断した俺の過ちだ」

「しかし、主様……！」

「くどい。今考えるべきは、お前たちの処罰ではない。どうやって明彩を助けるかだ」

諦めるわけにはいかない。涼牙にとって、明彩は己の命よりも尊い存在だ。

たかだが人間風情に、奪われてなるものか。

「まさか、彼方側《かなた》から無理矢理に裂け目を作るとは」

吐き捨てるように呟きながら、涼牙は必死で頭を巡らせる。

二つの世界は重なっているが、混ざってはいない。繋《つな》がる裂け目の存在は、奇跡のようなものだ。生まれやすい場所はあるが、自力で作るなど簡単にできるものではない。

涼牙のように力の強い怪異ならば難しくはないが、ただの怪異にはまず不可能だ。だが、それほどまでに大きな怪異が動いたのならば、気配でわかる。で、あれば。

――おそらくは人間。それも退魔師の仕業だ。

ときに退魔師は、手に負えぬ怪異を無理矢理に此方側《こなた》に押し戻すことがある。なんらかの術式を持っているのだろう。

――偶然ではない。明彩を狙ってあそこに裂け目を作ったはずだ。

ぎりりと奥歯を嚙《か》みしめる。明彩に執着し、裂け目を作れるほどの人間。それは、明彩の住んでいた屋敷に暮らす退魔師の誰かに違いない。

――まさか諦めていなかったとは。

ふつふつとわき上がる怒りで、目の前が赤く染まる。

連れ戻すくらいならば最初から大事にしておけばよかったのだ。誰よりも何よりも慈しんで、真綿で包むように愛《め》でていてくれれば、奪うつもりなどなかった。

明彩が笑って生きていてくれるなら、それだけで十分だったのに。

「……彼方に行く」

「主様!?」

「裂け目ができた場所に案内しろ。まだそう時間は経《た》っていない。まだ辿《たど》れる」

決意をにじませた涼牙の言葉に、ぐずぐずに泣き崩れていた玄と峡の表情が引き締まる。峡は袖で涙を拭うとすっくと立ち上がった。玄はその肩にさっと飛び乗る。

「ご案内します」

「ああ」

小さな怪異たちが自分たちもと騒ぎ立てたが、涼牙は頷《うなず》かなかった。弱い怪異は裂け目をくぐり彼方に行くところで正気を失うことが多い。そんな姿を、明彩に見せたくはない。

「お前たちはここでいつ明彩が戻ってきてもいいように準備をしておけ」

「でも、ひめさま、しんぱい」

「必ず連れて戻るから信じていろ」

「……」

しゃくりあげる怪異たちの姿に胸が締め付けられた。

彼らが真に明彩を慕っているのが痛いほどに伝わってくる。怪我《けが》を癒やされたからではない。明彩の心の美しさや、優しさに惹《ひ》かれ、傍にいたいと心から思うようになっているのだ。かつての、涼牙のように。

——明彩。君の存在は光なんだ。

ぽたぽたと涙を流す小さな怪異の姿に己を重ね、涼牙は拳を握りしめた。

母が死に、数年が経った頃だ。

託された苗木にはまだ蕾《つぼみ》一つ付いていなかった。

父との関係は変わらず、顔を合わせることも会話をすることもない。見捨てられたと感じた涼牙は、荒れた日々を送るようになっていた。

喧嘩《けんか》にあけくれ、強さ自慢の怪異に挑んだりと、己を削るような日々。

成長するにつれ強大になっていく力のせいで、負け知らずだったことも涼牙を増長させた。自分は強い。誰にも負けない。そう信じることでしか、己を保てなかったのだろう。

周囲もまた、夜叉《やしゃ》である涼牙に表立って逆らうことはない。強さも証明されていることもあり、恐れ混じりの視線を向け、腫れ物に触るような態度をとってくる。

どんなに騒ぎを起こしても、父は何も言わない。怒鳴るなり殴るなりしてくれればと、幼子のような苛立《いらだ》ちを抱えながら、涼牙は漫然とした日々を送っていた。

だが、それは唐突に終わりを迎える。

「父上が、倒れた、だと」

いつものように酒を飲み、酔いに任せて暴れて帰ってきた涼牙を、青ざめた使用人たちが出迎えた。

仕事の最中に血を吐いて倒れた父は、生死を彷徨《さまよ》っているという。

「頭目様は、奥方を助けるために長きにわたり己の命を削っていました。その反動が、今になって身体《からだ》を蝕《むしば》んでいるのです」

治療に当たった医者の言葉に、涼牙は愕然《がくぜん》とした。父が母を何より愛していたのは知っていたが、まさか自分の命を分け与えるほどだったとは。

「どうすれば助かる」

「……体力次第としか」

「っ、何かないのか！」

涼牙の追及に、医師は緩く首を振る。

「『姫』でもいればと思いますが、ここ数百年、新たに現れたという話は聞きませぬ。いま居場所がわかっている姫に手を出せば……戦になります」

「『姫』……」

噂《うわさ》にだけは聞いたことがある。治癒の力を持った、特別な存在。

希少すぎるが故に、もしも誰かの姫に手を出せば、それは相手に戦を宣言するも同然。

「せめて、奥方様の花が咲けば……」

「母の花？」

医師の言葉に、涼牙は怪訝《けげん》そうに眉を寄せた。

「奥方様はとても希有《けう》な花の化身でした。奥方様の花には傷や病を癒やす力があったといいます。しかしもう全て枯れて……」

瞠目《どうもく》した涼牙は医師の言葉を最後まで聞かず、自分の部屋へと駆け戻る。

母に託された苗木には、青々とした葉とたった一つの小さな蕾がついていた。

「あ……」

情けなく漏れた声には、安堵《あんど》が混ざっていた。父が助かるかもしれない。母が唯一遺《のこ》した苗木が、父を助けようとしている。

この花を無事に咲かせてみせると、涼牙は固く決意した。

それなのに。

「探せ。どこに逃げた」

「毒を飲ませたんだ。まともに動けると思うな」

「気づかれるなよ。露見すれば我らは終わりだぞ」

ばたばたと廊下を駆ける複数の足音を遠くに聞きながら、涼牙は唇を噛みしめる。

——くそ。くそっ。くそっぉ……！

腹に渦巻く罵倒の言葉は尽きない。体中が酷《ひど》く痛い。少し呼吸をするだけで、意識を失いそうだ。

だが、絶対に倒れられない。

母の苗木を守り、生き抜かなければならないのだ。

騒動のきっかけは、父の危篤を知った里の者が後継をどうするかと騒ぎはじめたことだ。

涼牙は、跡目を継ぐつもりなどなかった。だが、夜叉である涼牙こそが跡継ぎに相応《ふさわ》しいと考える者は多く、父に古くから仕える鬼たちに半ば強引に祭りあげられた。あげくの果てに夜叉王などと呼ばれるようになってしまったのだ。

それに反発したのが、涼牙をよしと思わぬ鬼たちだ。かつて涼牙に負かされた若い鬼たちが結託し涼牙の悪い噂を広め、違う鬼を後継にと騒ぎ出したのだ。

あっという間に対立は深まり、とうとう涼牙は対立派から毒を盛られた。

痛みにのたうち回っている最中、部屋になだれ込んできた鬼たちの明確な殺意に、涼牙は自分が狙われたのだと理解した。

毒のせいで思うように戦えず、身体中傷だらけだった。死なずに済んだのは、奇跡だろう。命からがら、母の苗木だけを抱え部屋を飛び出した。

複数の追っ手の気配を感じながら、必死で逃げた。大きな身体では逃げることもままならず、術を使い子鬼の姿に化けるので精一杯だった。

——どこでもいい。ここではないどこかへ。安全な、どこかへ。だが、どこに。

闇雲に走りながら、涼牙は自分には居場所がないことを思い知った。

誰も涼牙を必要としない。愛されもしない。生きているだけで命を狙われ、惨めに苦しむことしかできないのだと。絶望にまみれながらも、それでも死にたくなかった。せめて、この苗木を父に届けたい。自分が生きた証《あかし》を一つでも遺したくて。

「あ……」

気がついたとき、涼牙は別の世界に堕《お》ちていた。人間というひ弱な生き物ばかりが暮らす場所。力の弱い怪異は、堕ちると正気を失うと聞いたことがある。

一瞬、自分もそうなるのかと怯《おび》えた涼牙だったが、幸いなことに意識の混濁や混乱は起きなかった。

子鬼の姿でできることなどないに等しく、偶然堕ちた場所で身体を丸めてうずくまる。

――少し、休めば。きっと。

そう考えて、すぐに涼牙は小さく笑った。休んでどうするのか。この傷が癒えて何をするというのか。懐に隠した母の苗木は、騒動のせいで酷く弱っている。せっかく膨らんでいた蕾も、今にも落ちてしまいそうだ。

「ああ……」

情けない声が出た。

夜叉など名ばかりの肩書だ。どんなに強大な力を持っていても、涼牙には何の力もない。居場所も、家族も、何もかも。いっそここで、このまま消えてしまいたい。

そんな考えに取り付かれかけた、その瞬間だった。

「……大丈夫？」

とても小さな声だった。

怯えと恐れと困惑の入り混じった声音は弱々しく、もしかしたら寂しさのあまりに聞こえた幻聴かと思ったくらいだ。

だが、声の主は間違いなく存在していた。

今にも泣き出しそうに瞳を潤ませ、憐《あわ》れなほどに身体を震わせている、今の自分と同じくらいの女の子。華奢《きゃしゃ》な身体に艶《つや》やかな髪。どこもかしこも小さくて、本来の姿で対面したら踏み潰してしまうのではないだろうか。

これが人なのかと、涼牙は信じられない気持ちでその形に見惚《みと》れてしまう。

「少し、触れるね」

何も言えないままでいる涼牙の背中に、女の子がそっと手を押し当ててきた。柔らかくあたたかな感触に、凍えていた心までもがあたたまっていく。身体の傷までも。

――この子は、姫だ。人の身でありながら、なんと希有な。

怪異を癒やす、至宝の存在。

まさかこんなところで巡り合うなんてと涼牙は運命の数奇さに驚きを隠せなかった。

彼女は自分をなりそこないだと言った。人で怪異を癒やすなど、確かに異端だろう。だが、涼牙たちにしてみれば、彼女の存在は奇跡だ。そんなことはない、君は素晴らしいと伝えたいのにまともに喋《しゃべ》れない。

今すぐ彼女を連れ帰って、父を癒やせれば。そんな考えが頭をよぎる。

――駄目だ。この子は、耐えられない。

涼牙が彼方《かなた》から此方《こなた》に渡ってきたのは偶然だ。おそらく、何らかの条件でできてしまった裂け目だろう。並の怪異は、世界を渡るだけで命を落としたり、正気を失う。人の身ならばなおのことだ。

少女は、涼牙に逃げろと言った。明らかに人ではないとわかる涼牙を怖がることも、恐れることも、疎むこともなく、ただ逃げろと。

とどめに少女は母の花までも癒やしてしまった。

もう咲くことはないだろうと思っていた蕾が開き、美しい花を咲かせた。

その輝きが、涼牙の心に光を灯《とも》す。

「きれい」

ふわりと笑った少女の笑顔は、母の花よりもずっと綺麗《きれい》だった。

――この子が、欲しい。

わき上がったのは苦しいほどの愛《いと》しさと、焦燥感。あっけないほど単純に。陳腐なほどに一瞬で。涼牙は恋に落ちていた。

命を救われ、母の花を守ってくれた恩人。こんなにもか弱く小さいのに、あまりにも大きな存在感。何もなかった涼牙の世界に、はじめて芽生えた愛しいという気持ち。

「あ……」

何かを伝えたくて開いた口からは、掠《かす》れた音がこぼれた。

所詮は人と鬼。交わることのない運命だ。伝えてどうする。希《こいねが》ってどうする。

母を失って慟哭《どうこく》する父の姿が蘇《よみがえ》った。ああ、そうか、と涼牙は痛いほどに理解した。もし、彼女を失ったら涼牙は父と同じになるだろう。

「お花、大切にしてね」

涼牙を逃がそうとする少女の手を取りたいという衝動を必死に抑え込む。一緒に逃げよう。喉まで出かかった言葉は、声にはならない。自分も追われる身だ。命だって危ない。

どうして今なのだろう。もう少し違う形で出会えていたら、たとえ交わらなくても、見守れたのに。

せめてもと、母の花から落ちた花弁を少女に渡した。鬼の命すら救う奇跡の花だ。もしかしたら、少女を守ってくれるかもしれないと願いを込めて。

後ろ髪を引かれながらも涼牙は少女に別れを告げ、その場を離れた。

なんとか元の世界に戻る裂け目を見つけるときになって、彼女の名前すら聞いていなかったことに気がつく始末だ。

どれだけのぼせていたのだろうかと、乾いた笑いがこぼれてしまう。

――いつか、あの子の名前を聞きに行こう。

ささやかな願いが、心を強くした。叶《かな》えたいいつかのために、涼牙の命を狙った鬼たちを圧倒し、父に母の花を届けられた。

「……すまなかった。お前が、あまりに……似ているものだから、遠ざけてしまった」

母の花で命を繋《つな》いだ父が涙に濡《ぬ》れた声でこぼした弱音に、涼牙もまた静かに涙を流す。

きっと、あの少女に出会う前なら父の言葉を素直に受け入れることなどできなかっただろう。上辺だけの言葉で誤魔化すのかと憤ったかもしれない。

「いいんだ。もう、いい」

だって涼牙はもう救われていた。

何の見返りも求めず、優しく癒やしてくれた小さな手と、純粋な笑顔に。

「涼牙。お前は強い。跡目を次ぐのはお前しかいない」

「……いいや。俺には似合わんよ」

父の言葉に涼牙は首を振る。

「里を離れる。俺はいない方がいい」

ここでは涼牙は何も得られない。今更、この場所で認められたいなどとは思えない。

「そうか……お前が、そう望むのならば好きにしろ」

これまでの負い目もあるのか、父は素直に涼牙の願いを聞き入れてくれた。

そして父が母に出会ったという辺境の土地を与えてくれたのだ。

涼牙はそこに屋敷《やしき》を構え、誰とも関わらず静かに生きようと決めた。

しかし、運命とは不思議なもので、はぐれものの怪異たちがいつの間にか涼牙の傍《そば》に集まるようになったのだ。居場所のない、弱い者たちを眷属《けんぞく》として招き入れ、いつしか大所帯になっていた。

主《あるじ》と呼ばれるようになり、慕ってくれる者たちに囲まれ、穏やかな暮らしを得た。

それも全て、あの日の少女のおかげだろう。

またいつか会えるだろうか。名前を伝え合えたなら。

そう、脳天気に考えていた自分を殺したくなった日のことを涼牙は今でも覚えている。

「退魔師に囚《とら》われていただと？」

フラフラと迷い込んできた狐《きつね》の怪異は、ある退魔師の元で動物のように飼われ、いたぶられていたのだと涼牙に泣きながら訴えた。

「不思議な娘が癒やして逃がしてくれなかったら、死んでいたでしょう」

その言葉に、涼牙は目を見張った。

狐が語った何もかもが、あの日の涼牙の記憶と重なる。

「その娘は、どうしていた。元気なのか」

思わず問いかければ、狐は異なことを聞くとばかり髭《ひげ》を揺らしながら首を振った。

「いいえ。酷いものでした。いつも傷だらけで、退魔師たちになじられてばかりで。なのに我らを癒やしては逃がしてくれるのです」

がんと鈍器で頭を殴られたような衝撃に、息ができなくなる。

そんな馬鹿な話があるかと、涼牙は使いを送り込み、狐のいた場所を探らせた。

そして知ってしまった。

あの少女が、退魔師の娘であること。治癒の力を持って生まれたが故に、疎まれ虐げられている存在であること。そして、明彩という名前であることを。

──明彩。

どうしてもっと早く調べなかったのか。何故《なぜ》、あの日、連れて逃げなかったのか。

涼牙を救ってくれた明彩はずっと苦しんでいた。泣いた日もあったろうし、痛い思いをした日だってあったろう。

その間、自分はのうのうと穏やかな暮らしを甘受していた。何も知らず、知ろうともしなかった。

種族の違いを言い訳にして、遠くから見守ればいいなんて、自分に酔っていただけだったことを知ってしまったのだ。

己の不甲斐《ふがい》なさに、涼牙は慟哭した。

――必ず助け出す。

退魔師の屋敷には強い結界が張り巡らされており、小さな怪異に状態を探らせるだけで精一杯。何ごとかを起こせば騒ぎになる。明彩に危険が及ぶかもしれない。

何もできない焦燥感に身を焦がしながら、涼牙はただひたすらに明彩の無事を祈りつつ機会を待った。

それが、あの日だ。

明彩が屋敷を離れ、此方と彼方を繋ぐ裂け目が現れやすい山にやってきたのだ。

血なまぐさいことにならぬように怪異を遠ざけ、ずっと様子を見ていた。どうすれば、明彩を怖がらせずに連れ出せるか。

そう考えていた涼牙の目に飛び込んできたのは、信じられない光景だった。

――殺しておけばよかった。

眷属を傷つけただけではなく、それを止めようとした仲間や明彩を殴りつけた若い退魔師に殺意がわき上がった。

明彩の血縁でなければ、逃げる背中を貫いていただろう。

不出来な弟のために明彩が頭を下げたときは、泣きたいほどに己が情けなかった。

違う。そんな姿をさせたいわけではない。ただ、笑ってほしいだけなのだ。

この世界で、真綿にくるむようにして大切にしようと誓った。

明彩の存在には価値があると。愛されるために生まれた存在なのだと教えてやりたい。季節の移ろいやたくさんの花の美しさを見せてやりたい。そんな自己満足を叶えるために始まった日々は、光に満ちたものになった。

手の届くところに明彩がいる。楽しそうにはしゃぎ、瞳を輝かせ、力を認められて恥ずかしそうに微笑《ほほえ》んで。

過去の幻想なんかよりもずっと、明彩は美しかった。愛しくて愛しくて、どうにかなりそうなほどに恋しくて。過ぎる時間がどんどんと想《おも》いを深くしていく。

でも、伝えるつもりは涼牙にはなかった。

――俺の気持ちなど、どうでもいい。

明彩が一番苦しいときに、助けてやれなかった自分に、愛を囁《ささや》く資格などない。

――愛している、明彩。

どうか幸せになってくれ。いつも笑っていてくれ。そのためなら何だってしてやれる。

だがそんな誓いはあっけなく崩れた。明彩に距離を置かれていることに気がついた涼牙は、あり得ないほどに狼狽《うろた》えている自分に愕然《がくぜん》とした。

傍で見守っていられるだけでいいと思っていたくせに、とっくの昔にそれだけでは足りなくなっていたのだ。

どう告げればいいのか。今更だと呆《あき》れられて、見捨てられたら。

——それでもいい。謝りたい。許してくれとは言わないから、この後悔と想いの丈《たけ》を知ってほしい。

涼牙にとって明彩がどれほど大切かを、伝えたかった。だから。

「必ず連れ戻す」

噛《か》みしめた奥歯が軋《きし》む音が響く。

牙で傷ついた唇から溢《あふ》れる血が、舌を痺《しび》れさせる。

——無事でいてくれ。

人が神に祈る気持ちが今なら少しだけ理解できる気がした。

＊＊＊

屋敷の地下にある座敷牢《ざしきろう》の中に、明彩は囚われていた。

過酷な仕事で心を弱らせた退魔師などを一時的に隔離するために作られたといわれてい

るが、ここ数年はほとんど使われることがなかった場所だ。明彩も、掃除で何度か足を踏み入れたことはあったが、囚われるのははじめての経験だった。

——みんな、どうしているかしら。

膝を抱えて座り込んでいた明彩は、最後に一緒だった怪異たちの姿を思い浮かべ、短く息を吐く。

優しい彼らは明彩が消えたことに動揺しているだろうし、悲しませているかもしれない。申し訳なさで、胸が苦しくなる。

責任感の強い玄や峡あたりは、西須央に乗り込んできかねない。

退魔師の溢れるこの場所に、彼らが来たらどうなるか。考えるだけでも身がすくむ。

何より壱於が何をしようとしているのかがわからないのが、一番怖い。明彩の髪を使い、なんらかの術を使おうとしていることだけはわかる。

それが、涼牙や怪異たちにとってよくないものであることも。

——どうにかして、ここに来ては駄目だと伝えないと。

明彩はこの世界の人間だ。

偶然、涼牙によって異界に行けたが、本来ならばここが明彩の居場所なのだ。

これからまた、以前のように虐げられ見下され、便利に使われるのだろう。きっと、苦しくて痛いことが待っている。でも。

──不思議ね。全然怖くない。

彼らを危険に晒《さら》すことの方が、明彩はよっぽど怖かった。

みんながあの場所で無事に暮らしていてくれるなら、どんなことだって耐えられる。

「ふふ……」

思わず小さな笑みがこぼれた。見張りが聞いたら、とうとうおかしくなったと思われるかもしれない。

──私、強くなってたのね。

涼牙たちと一緒に過ごした日々の記憶が、明彩の心を満たしていた。

優しい涼牙。慕ってくれる怪異たち。たくさんの感謝の言葉。からっぽだった明彩に与えられた愛《いと》しい日々の記憶が、胸いっぱいに詰まっている。

悲しみは確かにある。

きっと、戻りたいと胸を掻《か》きむしる日が来ると思う。

それでも、今の明彩は幸せだった。

「楽しかったな」

この思い出があれば、残りの人生がどんなに惨めでも、生きていけると思えるほどに、幸せな日々だった。

　ほろっとこぼれた涙が床に落ちる。

「……ぅ……」

　せめて、最後にもうひと目でも会いたい。

　お慕いしていると。明彩にとって、涼牙ほど愛しい存在はいないのだと伝えたい。

　たとえ返ってくる言葉が明彩にとって辛《つら》いものでも、ほんの少しでもいいから明彩という存在を心の片隅に残してほしい。そんなあさましい願いが溢れて止まらない。

「涼牙様」

　名前を口にするだけで、抑え切れない恋しさが溢れ出てしまう。ほろほろと流れる涙を手のひらで拭っていると、すぐ傍《そば》で何かがひたひたと動く気配がした。

「ひめさま」

「……！」

　呼びかける声に驚いて目線を落とせば、そこには壱於によって連れ去られた蛙《かえる》の怪異がちょこんと小さく座っていた。

「あなた……！」

「ひめさま、よかった」

異界のときより喋《しゃべ》り方《かた》はぎこちなかったが、きちんと聞き取れる言葉に、明彩は眉を下げる。そっと手を伸ばせば、蛙はいそいそと明彩の手のひらに乗った。

「無事だったのね……！」

安堵《あんど》から一気に身体《からだ》の力が抜ける。

自分のことで精一杯で、これまで気にかけてやれなかったのが申し訳ないと艶《あで》やかな背中を撫《な》でてやれば、蛙はうっとりと目を細めてけろけろと鳴く。

どうやら怪我《けが》はしていないようだ。

一体これまでどこにいたのかと問いかければ、どうやら壱於に摑《つか》まれ此方《こなた》に来た途端、すぐに草むらに投げ捨てられたらしい。壱於が明彩にかまけている間に、荷物の中に潜り込み、ここまで辿《たど》り着《つ》いたのだと蛙は拙い言葉で必死に教えてくれた。

「ひめさま、まもる」

優しくも頼もしい言葉に胸が一杯になる。

この小さな身体で頑張ってくれたのだ。明彩を助けたいという、ただそれだけのために。

「ひめさま、おれを、たすけてくれた。だから、たすけたい」

先ほどとは違った涙が溢れる。ずっとこの力を持って生まれたことが情けなかった。異界で役に立てるとわかってからも、人として欠けているという思いは消えなかった。怪異たちに感謝されても心の片隅ではいつも自分を卑下していたように思う。

でも、今は違う。

「ありがとう」

無駄じゃなかった。無意味じゃなかった。そんな気持ちで胸が詰まる。

恐怖で強《こわ》ばっていた心がわずかに上向く。

——まだできることがあるわ。

目の前の霧が晴れるように、自分が何をすべきなのかがおぼろげながら見えてきた。

涙で濡《ぬ》れた顔を袖で拭い、明彩は手のひらの蛙を見つめる。

「ここを抜け出せる？」

「できる。おれ、とくい」

「お願いがあるの」

もう涙は止まっていた。これから明彩がすべきことは、泣くことではない。前を見て、立ち向かうことだとようやく気づけたから。


山の中腹にある広場で、壱於は火をくべた祭壇の前に座っていた。空は茜色《あかねいろ》に染まっており、もうすぐ夜がやってくる。

壱於の背後には数名の若い退魔師が同じように座っていた。ここからは見えないが、周囲の林には、西須央の退魔師たちが潜んでいる。

肌がじりじりと焦げるような緊張感があたり一面に漂っていた。

明彩を連れ戻すために作った異界への裂け目からは、濃厚な怪異の気配が漂ってきている。あの奥にはおそらく、これまで壱於たちが対峙《たいじ》したことがないような恐ろしい怪異が潜んでいるのだろう。

油断すれば、意識を持っていかれそうになるのを必死でこらえながら、壱於は奥歯を噛みしめた。

——許さない。

術を使い取り戻した明彩は、見たこともないような綺麗《きれい》な服を着ていた。それだけではない。髪も肌も傷み一つなく輝いていた。

怯《おび》えた表情を貼りつけていた顔も、別人のように落ち着いていて、美しくさえあった。すぐに気がついた。明彩は、あちらで鬼に愛されていたと。苦しさや悲しさから遠ざけられ、大切に守られていたのだろう。

——絶対に、認めない。

明彩は惨めな女でなければならないのだ。誰よりも憐《あわ》れで不幸で、いつも泣いていなければいけない。壱於だけが、寄り添う存在であるべきなのに。

——鬼ごときに奪われてなるものか。

壱於の心に燃えたぎるのは、激しい嫉妬と怒りだ。明彩を壱於から取り上げようとしている鬼。どんな手段を使っても排除しなければならない。

「壱於殿。本当にやるのですか……?」

後ろに控えていた若い退魔師の一人が怯えをにじませた声を上げる。

集中が途切れそうになった苛立《いらだ》ちを噛《か》み殺《ころ》しながら振り返り、声をかけてきた退魔師を含む数名をひたと見据えながら、努めて冷静な声を出す。

「今やらなければ、いずれ襲われるだけだ」

「しかし……相手は鬼ですよ」

——腰抜けどもが。

唾棄したい気持ちを呑《の》み込《こ》みながら、壱於は穏やかな笑みを浮かべる。

今、彼らに怯えて逃げ出されたら元も子もない。ここまで入念に準備をしたのだ。絶対に失敗はできない。

「だからこそだよ。なにも完全に倒す必要はない。もう、ここには来たくないと思わせればいいんだ。それこそ、腕の一本でも切り落としてやれば理解するだろう」

鬼は二度と明彩に近寄らなくなるだろうし、壱於は鬼の腕を切り落としたという肩書を得られる。

今はまだ壱於のことを分家の跡取り程度にしか認知していないであろう本家も、存在を無視できなくなるだろう。

奇《く》しくも本家から人が来るのだ。このタイミングを逃す理由はない。

そうすれば、西須央は実質的に壱於のものになる。

それは同時に、明彩も壱於のものになるということだ。

――待ってて姉さん。姉さんを本当に助けられるのは僕だけだから。

口の端が上がりそうになるのを必死に抑え込みながら、壱於は退魔師たちの顔をひとりひとりじっくりと見つめた。

「君たちには期待しているよ」

期待に満ちた表情を浮かべる彼らの姿が滑稽でしょうがなかった。大した才能もないくせに、多少力が使えるからといい気になって、明彩にきつく当たっていた連中が、壱於には必死にこびへつらうのは爽快だ。

「任せてください」

「ああ。期待している」

　――僕の未来への礎としてね。


「ここが明彩が消えた場所か」

「はい」

　峡に案内されたのは、屋敷《やしき》の裏手に広がる林だった。確かにわずかながら、怪異とは違った力の残滓《ざんし》が色濃い。

　二つの世界が重なったときに起きる揺らぎのせいか、空気が薄く嫌な気分だった。

「確かに裂け目ができた痕跡があるな……だが、妙だな」

　裂け目はそう簡単には消すことはできない。作り出す以上に修復は困難だ。明彩が連れ去られてまだ一日も経過していないのに、こんなにも綺麗に消せるのだろうか。

　――それほどの術者ということか？　それにしては何かがおかしい。

　明確に表現できないが確かにある違和感に、涼牙は眉を寄せる。

「ここから行きますか？」

「いや、別の場所から……」

一度ここから離れようと涼牙が踵《きびす》を返《かえ》した、その瞬間だった。

ふわりと、優しい香りが鼻腔《びこう》をくすぐる。

「っ、明彩⁉」

「姫様！」

玄や峡も気がついたらしく、弾《はじ》かれたように顔を上げ周囲を見回している。

「主様《あるじさま》、今、姫様の気配が」

「ああ」

すぐ傍にいるのに姿が見えない。今すぐ駆け寄って抱きしめたいのに。

焦燥感と不気味さで、頭の芯がひりつくのがわかる。

「主様！」

玄が叫ぶ声に視線を動かせば、先ほどまで何もなかったはずの場所に涼牙がちょうど通れるほどの裂け目ができていた。

その向こうは赤く光っており、何があるのか見えない。だが、間違いなくその先に明彩がいることだけがはわかった。

一歩足を踏み出せば、峡がそれを慌てて止めてくる。

「いけません。あれは罠《わな》です」

「わかっている」

「なら！」

必死に止めようとする峡を、涼牙は押しやった。

「俺は、もう後悔したくない」

誓ったのだ。二度と明彩を悲しませないと。辛《つら》い思いをする場所には行かせないと。ずっと傍《そば》に置いて大切にすると。

たとえ腕を引き千切られることになっても、引くわけにはいかない。

「お前たちはここにいろ。決して追ってくるな」

「ですが……！」

なお言い募ろうとする声を振り切り、涼牙は裂け目に手を伸ばした。ぐん、と吸い込まれるような感覚と共に身体が彼方側《かなたがわ》に引っぱられる。

裂け目を身体がくぐる瞬間、ごっそりと力を奪い取られたのがわかる。意識が揺らぎかけるが、明彩の姿を確かめたい一心で目をこらす。

「ぐ……！」

突然視界が開ける。踏み出した足が捕らえた地面はぬかるんでいた。

生ぬるく水分を含んだ空気と醜悪な臭い。

ここが人の世界だとすぐにわかった。

「やあ、久しぶり」

目の前に、ひょろりとした人間の男が立っていた。大人と呼ぶには、どこか幼く、見覚えのある顔立ち。

背後には祭壇の火を守るように幾人かの退魔師が座って、涼牙を睨《にら》み付《つ》けている。

それだけではない。周囲の林にもたくさんの気配を感じた。

——なるほど。

あからさますぎるほどの罠に笑いさえ出ない。

意識を集中させ探ってみるが、どこにも明彩の気配はなかった。だが、ここに来る前には確かに明彩を感じたのに。そんな涼牙の思考を読んだのか、目の前の男が低く笑った。

「残念だけど姉さんはいないよ」

姉、という言葉に涼牙の心が波立つ。

あの夜、明彩を殴りつけ、逃げ出した背中の持ち主。

——こいつが、明彩の弟。確か、壱於、だったか。

殺意と呼ぶには生ぬるい気持ちが腹の中で渦巻く。明彩は、これまでの日々を語る中で、一言も弟である壱於を責めなかった。ただ悲しげな声で、姉弟なのにと切なげに瞼《まぶた》を震わせていただけだ。

あの夜だって、どうか壱於を見逃してくれと頭を下げて。

「あの夜は油断したけど、今回はそうはいかない。覚悟しなよ」

涼牙を睨み付ける瞳には明らかな敵意があった。退魔師が怪異に向けるものとは決定的に違う、もっと本能めいた憎悪を感じる。

「姉さんのことは諦めてもらうから……絶対に渡さない」

低く唸《うな》るような声に、涼牙はすぐに悟った。

この男は自分と同じだけの熱量で、明彩を求めていると。ただ、その感情は恐ろしいほどに醜く歪《ゆが》んでいることもわかる。

「明彩は物ではない。どこで生きるかは、彼女が決めることだ」

はっきりと告げてやれば、壱於が驚愕《きょうがく》したように目を見開く。そしてすぐに全身を小刻みに震わせ、眼光を鋭くさせる。

「……そうやって姉さんをたぶらかしたのか鬼め」

これ以上、会話する気にはなれなかった。おそらく、何を言ってもこの状況は変わらないだろう。

「何とでも言うがいい。明彩を返してもらおう」

壱於に向かって足を踏み出せば、同じだけ後退《あとずさ》られる。

さらに一歩、また一歩近づく。

「威勢のいいことを言った割りにはずいぶんと逃げ腰、だな」

「……それはどうかな」

「なに」

憎らしいほど明彩に似た笑みを浮かべた壱於が、手を振り上げた。その手に白い紐《ひも》でまとめられた何か黒い物が握られているのが見えた。

——依《よ》り代《しろ》か？　あれは……。

何らかの術がかけられているらしいそれから目が離せない。

さらりと揺れる、美しい黒髪。ここにはいないはずの明彩の気配がぐっと濃くなる。首の後ろが痛いほどに痺《しび》れ、目の前が真っ赤に染まる。あまりの怒りに、呼吸がままならない。

「あれ？　もうわかったの？　そうだよ。これは姉さんの髪だ。お前を呼ぶために、ちょっと持ってきちゃった」

耳障りな声でからからと笑う壱於の表情には愉悦がにじんでいた。涼牙が自分が思い通りに動いたことが、嬉《うれ》しくてたまらないのだろう。

「まさか本当にこれで釣れちゃうなんてね。鬼って案外単純なんだ。ははっ」

ためらいのない動きで燃えさかっている祭壇の火に明彩の髪の毛を放り投げた。

じりじりと嫌な音を立てて、明彩の髪が一瞬で燃え尽きた。

「髪の毛一本だってお前にはやらない」

「貴様」

わずかに残っていた冷静さが一瞬でかき消える。明彩の弟だから、命までは奪ってはならないと考えていたのに。

「どうやら殺されたいようだな」

「やっと本性を見せたね。でもいいの？　僕は姉さんの大事な弟だよ？　僕に手を出したら、姉さんにどう思われるかな」

明らかな挑発だったが、その通りでもあった。口には出さなかったが、明彩は壱於を心配していたように思う。立場は違えど壱於も両親からの重圧で苦しんでいる、と。

姉として弟を気遣う心根の優しさを愛《いと》おしく思っていたが、今はただそれが歯がゆい。

「姉さんはずいぶんお前を信じてたみたいだけど、所詮は怪異だ。僕たちとは違う……姉さんを大事になんかできるわけがない」

じりっと壱於が近づいてくる。これまで逃げていたくせにと、一瞬だけ訝《いぶか》しんだ涼牙は不意にある違和感に気がついた。

今立っている場所をぐるりと囲むように、何らかの術式が張られている。

──やはり罠か。

足を動かそうとするが、まるでその場に貼りついたように動かない。

わずかに眉を寄せれば、壱於が嬉しそうに手を叩《たた》いてはしゃいだ声を上げた。

「ははっ。ようやく気がついた？　準備した甲斐《かい》があったよ。そこには鬼の力を奪う結界を張ったんだ。どう？　囚《とら》われる気分は」

「おお！　流石《さすが》は壱於さんだ……！」

「すごい！」

「これなら、……あ？」

だがその声に困惑が混じる。次第に彼らから悲鳴めいた声が上がりはじめた。

若かったはずの男たちが、あっという間に皺《しわ》だらけの老体になっていく。その異常な光景に、涼牙は息を呑《の》んだ。

「これは……」

「あれ？　生贄《いけにえ》だよ。前回、お前にやられたことの仕返しをしようと思ってね。僕一人の力じゃ無理そうだったから、あいつらから借りてるんだ」

「生命力を奪ったのか!?　下手をしたら死ぬぞ」

「別に構わないよ。あいつらだって、僕の礎になれるなら本望だろう」

獲物を見つけた獣のように微笑《ほほえ》みながら、壱於は腕に数珠《じゅず》を巻き付けはじめる。

「流石に殺せないけど、腕の一本くらいはちょうだい。それを見たら、きっと姉さんも二度と逃げようなんて思わなくなるから」

「……そうやって明彩を縛り付けてどうするつもりだ」

「姉さんは姉さんのままだよ」

「なに？」

「僕のためにもずっと惨めでいてくれなきゃ。姉さんが泣いてるとね、僕はまだマシって思えるからさ」

ぶつんと頭の奥で何かが焼き切れるような音がした。

「……ぜだ」

「は？」

「何故《なぜ》だ……！」

わき上がる怒りのせいで全身が軋《きし》んだ。

普段抑えている力が制御できず、溢《あふ》れてくるのがわかる。

明彩が何をした。ただ、人とは違う力を持って生まれただけなのに。あれほどまでに優しい明彩が、どうして踏みにじられなければならないのか。

怒りのままに一歩前へと足を踏み出せば、壱於の表情がはじめて崩れた。

「なっ、なんで……！」

「たかが人ごときが、この俺に敵《かな》うと本気で思ったのか」

こざかしいと吐き捨て、まっすぐに歩き出せば、鬼を弱らせるために作られていたという術式が音を立てて崩れていく。

「足止めにもならん」

涼牙が進めば、壱於が引《ひ》き攣《つ》った悲鳴を上げながら後ろに下がる。

「くそっ、お前たち、さっさとかかれ!!」

悲鳴のような壱於の呼びかけに、隠れていたらしい退魔師たちがぞろぞろと這《は》い出《で》てくる。攻撃態勢を取りながらも、どこが逃げ腰な姿に思わず笑いがこぼれた。

――こんな連中が明彩を苦しめていたのか。

群れなければ何もできない脆弱《ぜいじゃく》で愚かな者たち。明彩を虐げていたのも、己の優位性を示したいというちっぽけな虚栄心からだ。

――何より許せないのは、この男だ。

間違いなく明彩に執着しているくせに、守らなかった。隣にではなく、支配下に置くことを選んだ。

どうして大事にしてやらなかったのか。何故愛してやらなかったのか。もし壱於が明彩に寄り添っていれば、きっと涼牙だって奪おうなどと考えなかったのに。

「明彩は返してもらう。あれは、俺だけの姫だ」

――今度は、間違えない。

取り戻したら、全てを告白しよう。明彩だけを愛していると。涼牙にとっての全ては明彩だと打ち明けて、二度と手放さないと約束しよう。

そのためには目の前に群がる羽虫を潰す必要がある。何もかも燃やし尽くせば、明彩も何が起こったかなど知りようがないのだから。

「覚悟しろ。塵《ごみ》どもが」

青い炎を手のひらに灯《とも》しながら、涼牙は瞳を金色に輝かせた。

小さな蛙《かえる》が、その身と同じくらいの大きさもある鍵を必死に引きずってきてくれた。座敷牢《ざしきろう》を取り囲む格子の隙間から手を伸ばし、それを受け取った明彩は急いで扉の鍵を開け、外に出る。

——とにかく、壱於を止めないと。

何をしようとしているのかわからないが、涼牙や怪異に危害を加えようとしているのは間違いない。

そんな必要はないとはっきりと伝えなければ。

屋敷の仕組みは知り尽くしている。どうやれば人に会わずに庭に出られるかもだ。

緊張しながら足音を殺して廊下を歩く。

——人の気配がない？

奇妙なことに、屋敷の中は静まりかえっており、足音はおろか話し声さえ聞こえてこない。

普段はたとえどんなに忙しくても見習い退魔師が残っているのに。

違和感を抱きながら廊下を進み、裏庭に面した縁側に出れば、外はもう完全に日が暮れていた。

墨色に染まった空に、いくつかの星が輝いている。

「急がなきゃ……！」

もし壱於がことを起こすとすれば、明彩が連れ出された山の中だろう。踏み石に置かれていたサンダルに足を入れ、明彩は庭へと降り立った。

「待ちなさい!!」

「!」

甲高い声が背中にぶつけられる。

振り返れば、縁側に小百合が立っていた。いつも綺麗《きれい》に整えている髪を振り乱し、息を切らせている。

「何処《どこ》に行くの！　やっと、やっと帰ってこれたのに！」

「お母様……」

「早く戻りなさい。お父様と壱於がなんとかしてくれるから。あなたは大人しくしていればいいのよ！」

金切り声で叫ぶ小百合の姿は滑稽に見えた。

これまでずっと怖かった。冷たく無遠慮な言葉をぶつけられるたびに、息が詰まる思いだったのに、今は不思議なほどに何も感じない。

——こんなに、小さな人だったのね。

見上げるほどに大きく恐ろしいと存在だと信じていた小百合の目線は、明彩とほとんど変わらなかった。目を伏せ続けていたせいで、そんなことにも気がつかなかったのだろう。

異界で関わってきた怪異たちの方がもっと大きく、恐ろしい見た目をしていたが、彼らは明彩をいつだって尊重してくれた。明彩と目を合わせ、優しく呼びかけてくれた。

顔を上げただけで、世界がこんなにも変わって見えるなんて知らなかった。

「お願いだからこれ以上迷惑をかけないで。どうして普通にしていられないの。なんでまともにならないのよ！　私がこんなに言っているのに！」

さも自分こそが被害者のような身勝手な言葉に、心がどんどん冷えていく。

「……私だって、普通に生まれたかった」

「え……」

「みんなと同じように、生きたかった」

「わ、私のせいだって言うの!?　お前も、私を責めるの……!?」

憐《あわ》れっぽく震える声に、明彩は小さく首を振る。小百合のせいにしたいわけではない。憎んでいるわけでも、恨んでいるわけでもない。ただ。

「愛してほしかっただけよ、お母様」

普通の家族のように、優しく頭を撫《な》でて抱きしめて笑いかけてほしかった。持って生まれた力なんて関係ないと笑い飛ばして、明彩という一人の人間を認めてほしかった。

愛をもらえなかった心は、いつもどこかが欠けていたような気がする。埋めてもらえなかった何かのせいで、明彩は自分を好きになれなかった。

でも、今は違う。明彩のために笑って怒ってくれる存在がいる。

「さよなら」

「明彩!!」

悲鳴のような声で名前を呼ばれても、明彩はもう振り返らなかった。

まっすぐに駆け出し、勝手口を開け山へと向かう。

立ち入り禁止の看板はあの日のままそこにあり、細い獣道は真新しい複数の足跡が残されていた。日も暮れ、ほとんど先が見えない。草や木の生い茂る鬱蒼《うっそう》とした山道に、本能的な恐怖を感じる。

「ひめさま」

肩に乗っていた蛙が心配そうな声を上げた。

「……大丈夫。私、行くわ」

この先にきっといる。必ず間に合わせてみせる。

勇気を振り絞り、明彩は一歩を踏み出した。雨でも降ったのか、地面はぬかるんでおり歩く度に身体《からだ》が重くなる。

早く進みたいのに、焦れば焦るほど先が遠くなるような錯覚に襲われた。

——涼牙様。

どうか、何ごとも起きていませんように。涼牙様や、みんなが無事でいてほしい。

その一心で明彩はひたすら歩き続けた。

どれほど歩いただろうか。視界の先に、光が見えた。

額から滴った汗が、ぽたりと落ちていく。

何かが燃える臭いが漂ってくる。

嫌な予感に、全身がずんと重くなり心臓が痛いほどに早く拍動した。

重たくなった足を必死で動かし、駆け上がる。息が切れ、胸や脇腹が酷《ひど》く痛むが、止まれなかった。早く、早くと進んだ先で、ようやく視界が開ける。

祭壇の上で燃えさかる火が、広場を照らしていた。夜の闇がぽっかりと切り取られたような不自然なまでの明るさに、視界がちらつく。

「えっ……？」

累々と人が倒れている。力なく横たわる者、呻《うめ》きながらのたうちまわる者、逃げようと這っている者。

見覚えのある顔ぶれに、それが西須央の退魔師たちだと明彩はようやく気がつく。

おそるおそる近づいて確かめれば、彼らは傷ついてはいるものの命に別状はないようだった。明彩の姿に気がついて、驚きの表情を浮かべる者もいるが、声を上げる余裕はないのだろう。目を覆いたくなるような惨状に、ただでさえ疲れている頭が混乱する。

「一体なにが……」

「……お前、明彩か」

「お父様……！」

祭壇の近くに史朗がうずくまるようにして座り込んでいた。駆け寄って助け起こせば、史朗は全身を小刻みに震わせている。顔色は悪く、唇は真っ青だ。

「壱於が、壱於が……」

わなわなと震える手で指さしたのは、広場の奥に広がる林だ。その奥に壱於がいるのだろうか。

「何があったんですか」

問いかければ、史朗はびくりと身体を震わせ視線を彷徨《さまよ》わせた。そのときのことを思い出したくないのか、必死に言葉を選んでいるようだった。

「壱於が、鬼を呼び出した。お前を、さらった鬼を、だ」

「……！」

──涼牙様が、ここに!?

目をこらしてみるが、林の奥は暗闇に包まれていて何も見えない。

「最初は壱於が優勢だった。だが、駄目だ。あれは、ただの鬼ではない、あれは……」

がくがくと震えながら、史朗が明彩の手を強い力で摑《つか》む。

「頼む。お前からあの鬼に頼んでくれ。壱於を、我らを見逃せと」

「お父様……」

「こんなところで死にたくはない。壱於だってまだ使えるんだ。まだ終わりじゃない。俺はこんなところで終わる人間じゃないんだ」

口角から泡を飛ばしながら叫ぶ史朗の目は、焦点が合っていなかった。

「明彩、お前が身を差し出せば、あの鬼は言うことを聞くんだろう？　これまで育ててやったんだ、役に立て。そうだ、時間稼ぎをしろ。その間に俺は山を下りて、応援を……」

——ああ。

わずかに残っていた、親に愛されたいという気持ちが、完全に明彩の中から消えた気がした。史朗にとって明彩も、壱於も、倒れている退魔師たちも全て道具なのだろう。きっと史朗は誰のことも愛してなどいない。

ないものをずっと求めていた自分の惨めさに、少しだけ笑いたくなった。

痛いほどに腕を摑んでいる手を剝がしながら立ち上がる。

林の奥を見つめ静かに深呼吸し、背筋を伸ばす。

「行ってくれるのか……！」

喜色に満ちた声を上げる史朗を、明彩は静かに見下ろした。

「逃げるのならお好きにしてください」

「は……？」

「私は、私のために涼牙様のところに行きます」

「なに、を」

明彩の言葉が何も理解できないとでも言いたげに、史朗はぽかんと口を開けている。

「さよなら」

顔も見ぬままにはっきりと告げ、明彩は林の方へと駆け出す。

――涼牙様……！

林の中は、普段人が立ち入らないせいで腰高にまで草が生い茂っており簡単には進めない。

自分の腕が届くところまでしかはっきりと見られないせいで、進む道が合っているのかの確信すら持てなかった。

「涼牙様……涼牙様……！」

気がついたときには声を上げていた。

ここにいると、あなたを探してここまで来たのだと、伝えたかった。

「ひめさま！」

肩にしがみついていた蛙《かえる》が声を上げ、地面へと飛び降りた。

「こちらです。あるじさまの、けはいがします」

「本当!?」

頼もしい蛙の言葉に、明彩は息を乱しながらその後を追う。

ためらわずに進む蛙のあとを追って進んでいると、少し離れた場所がほわりと青く光ったのが見えた。

すでに足は鉛のように重く、額からは汗が滴っている。

それでも、明彩は必死に走った。

そして。

「っ……！」

草をかき分け飛び出した場所は、木々がなぎ倒されぽっかりと空が見えていた。

月が雲に隠れていて、あたりはうっすら暗い。

地面に倒れている誰かが見えた。

――あれは、壱於？

倒れている身体がピクリと動いた。

なんとか起き上がろうと両手を地面に突き、もがいている。

――生きている。

ほっと息をついたのもつかの間、壱於から少し離れた場所に誰かが立っていることに気がつく。他の退魔師だろうかと、明彩が視線を向けた
その瞬間、強い風が吹き雲が流れた。射《さ》し込《こ》む月光が、その場を照らす。

「あ……」

鬼がいた。

黒い髪を振り乱し、角を光らせ、瞳を金色に光らせた美しい鬼がいた。月光に照らされる姿は、恐ろしいはずなのに、神々しく見える。頬がじわりと熱を持つ。

「……涼牙様？」

こぼれるような声に、鬼の肩がぴくりと震えた。金色の瞳がゆっくりと明彩に向けられる。切れ長の目が見開かれ、薄い唇が、あ、と動いた。

「明彩？」

聞き間違えるはずもない声に、勝手に涙が浮かぶ。心臓が高鳴り、疲れ切っていたはず

の身体を熱い血が駆け巡る。

「涼牙様!」

気がついたときには駆け出していた。

両手を伸ばし、涼牙の身体にすがりつく。

「明彩……!」

大きな腕が、ためらいなく明彩を受け止めてくれた。

「よかった……無事で、無事でよかった」

「ごめんなさい。迷惑をかけて、ごめんなさい。こんなことに、巻き込んで」

我慢できなかった涙が溢《あふ》れ、声がみっともなく震えていた。

ずっと怖かった。もし涼牙に何かあったらどうしようと不安で仕方なかった。

はしたないとわかっていても、その身体に必死にすがりつく。

間違いなく涼牙という存在がそこにいることを確かめるように腕を回し、もう二度と離れたくないという願いと共に力を込める。

「いいんだ明彩。俺は、君のためならばどんな場所にだって駆けつけられる。無事でよかった。明彩。ああ、明彩」

涼牙もまた、何度も明彩の名前を呼びながら抱きしめてくれた。背中に回された腕から伝わる体温に、涙が止まらなくなる。

「俺がまた目を離したせいだ」

「違うの。違うんです、私が……私が……」

たくさん言いたいことがありすぎて、言葉が詰まる。

ごめんなさい。ありがとう。これからも傍《そば》にいさせてほしい。どれも伝えたくてたまらない。

でもそれ以上に、溢れて止まらない思いが明彩の唇を動かした。

「好き、好きです涼牙様。あなたが、好きなんです……」

この世界に連れ戻され、真っ先に後悔した。忘れようと思っていたけれど、できなかった。できるはずがなかった。

「どうか、傍にいさせてください」

涼牙の胸に顔を押しつけるようにして絞り出した声は、涙でみっともなく濡《ぬ》れていた。

拒まれても迷惑に思われてもいい。

伝えておかなければ、きっと一生後悔する。今日この瞬間に告白できた勇気が、きっと明彩の人生を支えてくれる。そんな気がしていた。

「は……」

頭上で、涼牙が深く息を吐いたのが聞こえた。

抱きしめてくる腕にぐっと力がこもる。骨が軋《きし》むほどの抱擁に、心臓が奇妙な音を立て、頬が痛いほどに熱を持つ。

「好きだ、明彩」

世界から音が消えたような気がした。

都合のいい幻聴を聞いているのかと、弾《はじ》かれたように上を向けば、息を呑《の》むほどに美しい顔が明彩を見下ろしていた。

黄金よりも美しい瞳がゆらゆらと揺れ、薄い唇がわずかに微笑《ほほえ》んでいる。

「君が、何より愛《いと》しい。失ったらきっと俺は正気ではいられない」

「涼牙、様？」

何が起こっているのか信じられなくて、明彩は何度も大きく瞬《まばた》く。

涼牙が少しだけ困ったように眉を寄せた。

「もっと早く伝えるべきだった。君に、疎まれるのが怖くて、俺はずっと気持ちを伝える勇気が持てなかった。でも君がいなくなったと知ったとき、死ぬほど悔やんだ。言葉で、態度で、君を愛していると伝えておくべきだったと」

鼻の奥がつんと痛む。止まっていた涙がふたたび溢れて、視界がにじんだ。

「愛してる、明彩。二度と放すものか。ずっと、俺の傍にいてくれ」

ようやく告げられた言葉は、陳腐で薄っぺらいものになってしまった。本当はもっと、伝えたい想《おも》いがあるのに、形を作れない。

おそらくこの先、どれほど愛を囁《ささや》いてもこのもどかしさは消えないだろう。

胸の内にある明彩への気持ちを全て表す言葉は、この三千世界を探しても見つからない気がする。それほどまでに、涼牙にとって明彩という存在は奇跡のような光なのだ。

このまま抱きしめていたい欲求を押し殺し、明彩の両肩を優しく摑んで身体《からだ》を少しだけ離す。不安そうに見上げてくる明彩の姿は儚《はかな》げで、一瞬でも目を離したら消えてしまいそうで不安だった。

だからこそ、早く全部打ち明けたかった。

「愛してる。君が俺を救ってくれた」

「救う……？」

意味がわからないのだろう。可愛《かわい》らしく首を傾《かし》げる姿に胸の奥がざわめく。

「……これを」

懐から、一輪の花を取り出す。幸いにもこの騒ぎの中でも潰れず、美しく咲いたままの赤い花が、ふわりと明彩の顔を照らした。

「あ……この、お花、は……！」

こぼれんばかりに目を見開いた明彩が、花と涼牙の顔を交互に見やる。

「まさか、涼牙様が、あのときの……？」

「覚えていて、くれたのか？」

きっと忘れられていると思っていた。再会したときも、明彩は何も言わなかったし、涼牙も敢《あ》えて口にしなかった。

助けた数ある怪異の一人だと、記憶の彼方《かなた》に追いやっていると思ったのに。

「忘れるわけがありません。あの日、あの子が、涼牙様がありがとうと言ってくれたから、私は頑張れたんです」

明彩の瞳から、宝石のような涙がぼろぼろとこぼれる。このまま、溶けて消えてしまうのではないかと不安に駆られるほどの勢いに慌てて指を伸ばして涙を拭った。

「明彩、泣くな」

「だって……だって……」

「……これは、俺の母の花なんだ。君が助けてくれたあの苗木を覚えているか？」

無言で明彩はこくこくと頷《うなず》く。

「あの苗は、今では大きな木に育った。毎年、この時期にだけ花を咲かせる。俺は、君にこの花を贈りたくて、屋敷《やしき》を離れた」

祭りの日に、母の花で明彩を飾ってやりたかった。

明彩が咲かせてくれた花が父の命を救ったこと。涼牙の心を支えたこと。それら全てを告白したかった。

明彩という存在が、涼牙をこの世界に繋《つな》いでくれたのだ。

「受け取ってほしい」

花を差し出す手が、みっともなく震えた。もし、という想像すら恐ろしい。

「嬉《うれ》しい」

白い指が、ためらいがちに花に触れる。

両手で包み込むように花を胸に抱いた明彩は、泣きたくなるほどに美しかった。

「わ、私、涼牙様に大切な人がいるんだって聞いて、ずっと怖かった」

「なにを……」

「陽華さんに話したのを聞いたんです。だから、私、涼牙様を諦めなくては、って」

今ここに陽華がいたら、今度は本当に殺してしまっていたかもしれないほどの怒りがこみ上げる。

自分のうかつさのせいとはいえ、明彩にそんな選択をさせかけていたなんて。

「でも、諦められなかった。私、涼牙様が好きな気持ちが、止まらなかった」

いじらしい告白に、飢餓感さえ覚えた。

「……止めなくていい。俺は、俺も君に愛されたい。好きでいてくれ」

「本当……？」

「君が俺の傷を癒やしてくれたあの日から、この心はずっと明彩だけに向いている」

出会いは偶然でしかなかった。幼い明彩は何も知らずに善意で力を使っただけだ。

だが、涼牙にとってみればあの日の出来事が全ての始まりだった。

「愛してる」

本当はもっと伝えるべきことがある。たくさん話して聞かせて、お互いの知らぬことなど何もないところまで高め合いたい。

だが、こみ上げてくる愛しさがそれを邪魔する。

細い身体に腕を回し、そっと抱きしめることしかもうできなかった。

「涼牙様……」

可愛らしい声で名前を呼ばれるだけで、腹の奥が疼《うず》くように熱を孕《はら》む。

叶《かな》うことなら永遠に、誰にも見せず触れさせず、自分の中に閉じ込めておきたい。もし知られたら、明彩は怖がるかもしれない。もし逃げられたなら、きっと自分は明彩を骨まで食べてしまうだろう。それほどまでの情動が涼牙の中に渦巻いていた。

地面に降ろすのさえ嫌で、膝下に手を入れて抱え上げれば、慌てたように小さな手を回し首元にしがみついてくる。この愛しさをなんと表現したらいいのか。

「明彩。帰ろう、俺たちの場所へ」

そのまま歩き出そうとした、その瞬間だった。

「姉さんを返せ!!」

叫び声と共に、何らかの衝撃が涼牙たちめがけて飛ばされてきた。

それを腕でいなすように弾き、明彩を抱きかかえたまま身体を向ければ、先ほどいたぶり尽くしたはずの壱於が、傷だらけの身体を引きずるようにしてそこに立っていた。

「壱於……！」

腕の中で明彩が慌てた声を上げる。

もしや、離れていくのではないかという不安が一瞬だけよぎるが、明彩の身体は身じろぎさえしなかった。

「姉さん！　そいつは鬼だよ！　何やってるんだよ！　こっちに来なよ！」

みっともなく喚《わめ》きながら明彩に手を伸ばす姿は、まるで癇癪《かんしゃく》を起こした子どもだ。

他の退魔師の寿命を削ってまで挑んできたくせに、手応えも何もなかった。

筋はいいがそれだけだ。

自分の力に驕《おご》り、本質も何も見えていない赤子同然。涼牙の敵にすらならない。

「僕がどうなってもいいのかよ！」

「……ガキだな」

涼牙の指摘に、壱於の顔が赤くなる。

「そうやって、明彩に甘えてすがっていればさぞ幸せだろう。ぬるま湯に浸《つ》かって、生きるのは楽だからな」

「なっ……何も、何も知らないやつが偉そうに……！」

「そうだ。俺はお前のことなど知らない。俺が大切に思うのは明彩だけだ。明彩はずっと、あの屋敷で孤独だった。守ってやらなかったお前になど、渡さない」

あからさまに強《こわ》ばった壱於の表情を見ても、溜飲《りゅういん》は一切下がらなかった。

身勝手な欲で明彩を追い詰めたことを、這《は》いつくばって後悔させたい。

「駄目だ！　駄目だ駄目だ!!　姉さん、僕を残していくなんて許さないからな！」

「壱於……」

地団駄を踏みながら叫ぶ壱於を、明彩が震える声で呼ぶ。

それが酷《ひど》く腹立たしかった。たかだが、同じ腹から生まれただけのくせに、どうして明彩に気遣われるのだ、と。

「ごめんね。私はもう、あの家にはいられない。涼牙様と行くわ」

だが、そんな涼牙の憤りは毅然《きぜん》とした明彩の声によって打ち消される。

腕からするりと明彩が抜け出しても、もう怖くはなかった。

頼もしくさえ感じる背中を見つめながら、涼牙は静かに微笑んだのだった。


「壱於。私は、異界に行くわ。この半年、私はとっても幸せだったの」

「幸せって……いいように利用されてただけだろう！　騙《だま》されてるんだよ！」

まるでそう信じなければ生きていけないかのような声を上げる壱於を見つめ、明彩は静かに首を振る。

「ううん。そんなことない。みんなは私を大切にしてくれた。私は、彼らを信じてる」

玄や峡、阿貴や小さな怪異たち。

何の見返りも求めず慕ってくれる優しい彼らをどうして疑えるだろうか。

「私ね、涼牙様が好き。この人と一緒に生きたいの」

「姉さんは人だ。怪異と、ずっと暮らせるわけないじゃないか！」

「そうね……」

寿命や流れる時間はきっと異なる。

人である明彩は、鬼である涼牙をいつか置いていくのだろう。

「それでもいいの。涼牙様にとってはひとときの夢だとしても、私にとってはそれが人生だもの」

きっと、ここで涼牙と離れても明彩の心は涼牙に向いたままだ。もう心を殺すことはできない。誰かを愛する幸せを知ってしまったから。愛される喜びを知ってしまったから。

「元気でね」

「嫌だ……嫌だよ、姉さん。僕を置いていかないで」

小さな子どものような壱於の声に、心が軋《きし》む。

壱於だって、ずっと苦しかったのだろう。期待をかけられ自由を奪われて生きてきた。

二人はきっと同じ場所の裏と表にいただけなのだから。

「さよなら」

でも、それも今日でおしまい。

明彩は、新しい場所に行く道を選んだ。

「姉さん！」

壱於の声は、もはや悲鳴そのものだった。

その場に膝を突き力なく項垂《うなだ》れ、唸《うな》るように涙を流す。

「……嫌だ。絶対に、絶対に認めるもんか。姉さんだけ自由になるなんて、絶対に」

「壱於？」

ふたたび顔を上げた壱於の表情は、先ほどとはまるで別物だった。

光のない瞳が、ひたと明彩を見据えている。下がっていた腕が、何かを摑《つか》むように動く。

ゆるりと持ち上げられた手の中で月光に光るそれば、白銀の短刀だった。

「っ、何をする気なの!?」

「何って？　こうするのさ！」

短刀を逆手に持った壱於は、その切っ先を自分の首へと向けた。

「壱於！」

「俺が死ねば、その鬼は退魔師殺しだ。本家は絶対に見逃さない。異界に逃げても無駄だ。あちらとこちらを繫ぐ術なんていくらでもあるんだからな……！」

「ほう。面白いことを考えるな」

涼牙が低く笑いながら、明彩の肩を抱いて引き寄せる。

まるで、黙って見ていろと言いたげな手の力に、明彩は唇を嚙《か》んで壱於を見つめた。

「須央《すおう》本家だけじゃない。他の家だって、絶対に……」

「やってみろ」

「は……？」

「やってみろ、と言っている。自分の尻も拭けないガキが、粋がるな。俺を誰だと思ってる？　退魔師ごときが、勝てると思うな」

涼牙と明彩を囲むように、青い炎が円を描く。引《ひ》き攣《つ》れた悲鳴を上げながら、壱於が短刀を投げ出し、その場に尻餅を突いた。

「そもそも、今回の件はお前が始めたことだ。攻撃されたから、反撃したまで。何故《なぜ》、俺が狙われる身になる？」

「っ……、違う、お前がっ……」

「違わない。あの日も、お前がことを起こした……そうだろう。いい加減出てこい」

突然、涼牙が壱於のその向こうへ声をかけた。

それを合図に、草むらが揺れ一人の人影が出てくる。

「佐久間さん？」

ここにいるはずのない佐久間の登場に、明彩は目を丸くする。壱於もまた振り返り、驚愕《きょうがく》の表情を浮かべていた。

「驚きました。完全に気配は消していたはずなのですが」

「俺を舐《な》めすぎだ。お前、最初から見ていただろう」

涼牙の問いかけに、佐久間は困ったように肩をすくめてみせる。

「なっ、なんで……」

この場で一番混乱しているのは壱於だろう。無様に地面に座り込んだまま、佐久間と涼牙の顔を交互に見ている。

「壱於君。君は少しやりすぎた。あの場のことだけなら、若さ故の暴走として見逃すつもりだったが、異界に手を出したあげく夜叉《やしゃ》まで呼び寄せるとは」

「夜叉って……」

ただでさえ青ざめていた壱於の顔色が、白へと変わる。

「鬼を統べる怪異の王……人が、退魔師が決して手を出してはならぬと言われている存在です。あの金色《こんじき》の瞳を見たときに気がつくべきでしたね」

「し、知らない！　僕は知らなかったんだ！」

「知らなかったでは済まないこともあるんですよ、壱於君」

駄々っ子を叱るような口調で語りかけながら、佐久間が緩く首を振った。

「明彩さん、巻き込んで申し訳なかった。私がもう少し早く動いていたら、こんな怖い思いはさせなかったのに」

「……佐久間さん、あなた一体……意識不明だったはずじゃ」

わけがわからないと明彩が何度も瞬《まばた》けば、佐久間がふわりと微笑《ほほえ》む。

「前回の騒動で後れを取って気を失ったのは確かです。ですが、その後は訳あって眠っている演技をしていたんです。おかげで調査が捗《はかど》りました」

唐突な佐久間の言葉に理解が追いつかず、明彩は首を傾《かし》げるばかりだ。壱於は呆然《ぼうぜん》とした顔で佐久間を見つめている。

「私は、退魔師たちが掟《おきて》に則《のっと》って正しく活動しているかを監査するのが役目なんです」

監査、という言葉に明彩は息を呑《の》んだ。

佐久間が一体何を目的にこの西須央に来たのかをすぐに理解できたからだ。

「以前から、西須央は退魔師にあるまじき所業をしていると噂《うわさ》がありました。だから、私が派遣されたのです。驚きました。まさか怪異を捕らえて練習台にだなんてね」

佐久間の鋭い視線が壱於に向けられる。

「それは父さんが始めたことだ！　僕に責任はない！」

「だが、やっていいことと悪いことの分別はついたはずです」

とても冷たい声だった。壱於がはくはくと喘《あえ》ぐように口を開閉させていた。

「あまつさえ、鬼との遭遇や明彩さんの失踪を隠すために私を意識不明にした。愚の骨頂だ。まあ、おかげで秘密裏に動けたので助かりましたが」

「そ、それも父さんが……」

「だとしても、そもそもは君が退魔師としての掟を破ったことがきっかけです」

「っ……！」

「本家は、西須央を見逃すつもりはありません。よくて取り潰し……あなたは、破門で済むかどうか」

「っ……うあああああ!!」

叫びながら壱於は頭を抱え、その場にうずくまった。

だんだんと涙混じりになっていく声に耐えきれず、明彩が一歩前へと踏み出しかけるが、涼牙によって引き留められる。

「やめておけ。もう、お前が関わることではない」

「でも……」

壱於は血を分けた弟だ。たとえ罪を犯したとしても、目の前で泣いている姿は痛々しく、胸を刺す。せめて何か声をかけてやりたかったが、うまく言葉が見つからない。

「そうです。明彩さんにはなんの非もありません。むしろ被害者だ」

明彩に向き直った佐久間が優しく声をかけてきた。

「佐久間さん。あの、父はあなたに何をしたんですか？」

先ほどの壱於との会話の中で、佐久間は『私を意識不明にした』と口にした。

連れ戻されたときに聞かされた話では、佐久間は涼牙の術のせいで眠っていたと思っていたのに違うのだろうか。

「ええ。私に眠りの術をかけたのです。まあ、効きませんでしたけどね」

「そんな！　なんてことを！」

慌てて頭を下げようとした明彩に、佐久間はやめてくださいと制止の声を上げる。

「あなたが謝る必要はありません。これは、彼らの罪です」

「そうだぞ明彩」

涼牙までもが口を出してきたため、明彩は完全に謝るタイミングを失ってしまった。

「西須央最大の罪は、明彩さんの力を秘匿したことです」

「私、の？」

「あなたの持つ力はとても貴重なのです。本来ならば本家で育てられるべき人材だった」

世界が逆さまになったような音が聞こえた気がした。

佐久間が明彩に手を差し出す。

「今更と思うかもしれませんが、どうか私と一緒に本家に行きませんか？　決して悪いようにはしません。あなたの力に見合った待遇を約束します」

ずっと前に捨てたはずの希望や期待が頭をもたげる。

「羅刹《らせつ》という特異点に生まれたことで、あなたは特別な力を得た。このことは、退魔師一族の繁栄のためにも皆が知っておくべきです」

誰にも必要とされず、この世界に居場所なんてないと思っていた。

もし佐久間がこの言葉をくれたのが半年前なら、明彩は喜んでその手を取っただろう。

必要とされる喜びに涙し、自分の全てを差し出したかもしれない。

「いいえ」

驚くほどに自然に言葉が出ていた。

「私の居場所はここではありません」

はっきりと明彩は首を振り、肩を抱く涼牙の手にそっと己の手を重ねる。

「私のいるべきところは、涼牙様の隣です」

「明彩」

ぐっと大きな手に力がこもったのがわかった。

この先、何があってももう二度と離れないと明彩は決めたのだ。たとえ、本家に望まれたとて涼牙の傍《そば》を離れるつもりはない。

「そうですか」

佐久間は特に驚いた様子もなく、軽く肩をすくめた。

「……怒らないのですか？」

「元より、受けてもらえるとは思っていませんでしたよ。ですが立場上、声をかけておかないと、私も叱られるので」

おどけるような口調の佐久間は、どこまで本気かわからない。

明彩が戸惑いがちに涼牙を見上げれば、涼牙もまた軽く肩をすくめている。

「お前は俺に攻撃を仕掛けないのか」

「まさか。鬼の王に挑むほど身の程知らずではありません。むしろ見逃してくださいと頭を下げるべきところです。あの日も、あなたはずいぶんと手加減してくれましたよね？本気だったら私も彼も、生きてはいません」

「さあな……」

何やら通じ合っている二人の態度に、明彩は不思議な気分だった。

一度は相まみえたはずの鬼と退魔師だというのに、どういうことだろうか、と。

「彼らの処罰は私が責任をもって対応します。どうか、須央の家門をお許しください」

深々と腰を折る佐久間に、明彩はひえっと間抜けな声を出した。年上の、しかも本家に繋《つな》がる人物に頭を下げられるなど思ってもみなかったことだ。

「許すも許さないも、俺は知らん。そのガキが舞い上がって一人でことを起こした。それだけだ」

「そう言っていただけると助かります」

「佐久間さん、あの……」

我慢できずに声をかけるが、厳しい目で壱於を見下ろしたまま首を振る。

「情けをかけたくなるお気持ちはわかります。ですが、これは退魔師一族としてのけじめです。あなたのご両親、そして壱於君や門下の退魔師たちにはそれなりの責任を取っていただきます」

「私は、どうなりますか？」

明彩とて西須央の娘だ。怪異たちのことも知りながら、何もできなかった。罪に問われてもおかしくはない。

「明彩は俺の姫だ。手を出せばどうなるかわかっているんだろうな」

「涼牙様！」

庇《かば》うように涼牙が一歩前に出る。

「馬に蹴られる趣味はありません。あなた方を引き裂くなんてとてもとても」

しみじみと噛《か》みしめるように呟《つぶや》く佐久間に、明彩は頬を染めた。

そんな明彩に、佐久間は優しい笑みを向けてくれた。

「明彩さん。ここからは大人の仕事です。あなたは気にしなくていい。私が言えた義理ではありませんが、どうか幸せになってください」

鼻の奥がつんと痛んだ。

優しい言葉に胸が詰まる。

「明彩、みんなが待っている。一緒に祭りに行こう」

「……はい」

涼牙に手を取られ、明彩はしっかりと頷《うなず》く。

もうこの先、この手を放すことがないようにとしっかり指を絡めた。

青い炎が空中に円を描き、かつてのように光に包まれた大きな裂け目が作られる。

その先には、もう懐かしささえ感じる光景が映し出されていた。

手を繋いだまま、二人一緒に歩き出す。

「っ、駄目だ。姉さん、僕を置いていかないで……!!」

うずくまっていた壱於が、弾《はじ》かれたように身体《からだ》を起こし明彩に手を伸ばして叫んだ。

振り返れば、捨てないでと必死に訴える瞳と視線がぶつかる。

胸が痛まないわけではない。でも。

「……元気でね」

「姉さん!!」

壱於に背を向け、明彩は涼牙を見上げる。

「帰りましょう、涼牙様」

「ああ、帰ろう」

光の輪をくぐった瞬間、おかえりという声が明彩の耳に届いた。

# 終章

赤く輝くぼんぼりと祭《まつ》り囃子《ばやし》。

広い大通りの左右には隙間が見当たらないほどの屋台が立ち並び、見たことのないような品々が並べられていた。周りを歩く怪異たちの姿も様々で、どれだけ見ていても飽きることがない。

「明彩《めい》、危ないぞ」

大きな手が、明彩の手を優しく引いた。

隣を歩く涼牙《りょうが》を見上げれば、優しい笑顔が明彩だけを見ていた。

「気になるのはわかるが、歩くときは前を見ろ」

はい、と素直に応えれば、涼牙は満足げに頷く。

涼牙と共に異界に帰ってきた明彩を、怪異たちは大喜びで出迎えてくれた。玄《クロ》や峡《カイ》などは泣きながら謝罪してきたものだから、明彩はなだめるのが大変だった。

わずかな傷を負っていた明彩を、涼牙はしきりに案じ甘やかしてくるのも、恥ずかしくていたたまれなかったが、それ以上に嬉《うれ》しかった。

愛されているという実感が、明彩を何より幸せにしてくれた。

そうして今日は念願叶《かな》い二人で祭りに訪れていた。想像以上の盛況さに胸が躍る。

この土地に住まう怪異だけではなく、この日ばかりは他の土地からも様々な怪異が訪れ、この祭りを楽しんでいる。

「あとで何でも買ってやる」

「見るだけで十分ですよ」

珍しさから屋台に視線を奪われがちな明彩に、涼牙はあれが欲しいのかとしきりに声をかけてくれる。

「何か欲しいわけではないんです。ただ、嬉しくて」

たった一度、どうしても行きたいと願った祭りは目にすることも叶わなかった。

あのときの夢が、こんな形で叶うなんて想像もしなかった。

「お祭りって楽しいですね」

「そうか」

愛《いと》しげに目を細める涼牙に、明彩も頬をほころばず。

繋《つな》いだ手を握り返せば、嬉しそうに指が絡まる。熱気のせいでわずかに汗ばんで貼りつく肌さえも心地よく、明彩の心を浮き立たせる。

「また、次の祭りも一緒に来よう」

「はい！」

願わくば、その先も、そのまた先も。

ずっとこうやって手を繋いでいられますようにと願いながら、明彩は微笑《ほほえ》んだ。

# あとがき

こんにちは。またはじめまして、マチバリと申します。

本作『夜叉王《やしゃおう》の最愛』をお手に取っていただき、ありがとうございます。

富士見《ふじみ》L文庫様でははじめてのお仕事になります。

実は、現代舞台の長編作品を書いたのはこれがはじめてです（怪異が暮らす異界にすぐ行ってしまうので、純然な現代ものとは言いがたいかもしれませんが）。普段は、西洋ファンタジーばかりなので、今作は書いていてとても新鮮でした。

主人公である明彩《めい》は、生まれ持った性質のせいで家族から虐げられている女の子です。本人にはどうしようもないことで虐げられている明彩は、涼牙《りょうが》に出会ったことで新しい居場所を手に入れます。誰かにとっては無意味な力でも、誰かにとっては有益である。そんな想《おも》いを込めてこのお話を考えました。

明彩を苦境から救い出す鬼の涼牙もまた、同じように生まれ持った力のせいで孤独な日々を味わった過去があります。その過去を癒やした明彩を一途《いちず》に想う涼牙。書いていてとても楽しいシーンばかりでした。私はどうしても不幸な過去を背負った男性が好きで、ついついそちらに舵《かじ》を切ってしまいがちです。不幸であればあるほどに、運命の相手に出会ったときに抱く愛に重みが増すな、と。

今作で忘れてならないのは、歪《ゆが》んだ愛を持ってしまったもう一人の不幸な男。何か一つ違っていれば、彼こそが明彩にとっての救世主になっていたのかもという表現の塩梅《あんばい》も、今回の執筆で楽しかった部分です。

作品の構想からプロット、本文の執筆に至るまで支えてくださった担当さんには本当にお世話になりました。ご一緒できて光栄です。

最後になりましたが、お読みいただきました読者のみなさまへ心からの感謝を。

またどこかでお会いできることを願っております。

マチバリ

本書は、カクヨムネクストに掲載された「夜叉王の最愛～虐げられた治癒の乙女は溺愛される～」を加筆修正したものです。

この作品はフィクションです。

実在の人物や団体などとは関係ありません。

お便りはこちらまで

〒一〇二—八一七七
富士見L文庫編集部　気付
マチバリ（様）宛
日下コウ（様）宛

富士見L文庫

# 夜叉王《やしゃおう》の最愛《さいあい》
## ～虐《しいた》げられた治癒《ちゆ》の乙女《おとめ》は溺愛《できあい》される～

マチバリ

2024年４月15日　初版発行

発行者　山下直久
発　行　株式会社 KADOKAWA
〒102-8177　東京都千代田区富士見2-13-3
電話　0570-002-301（ナビダイヤル）

印刷所　株式会社暁印刷
製本所　本間製本株式会社
装丁者　西村弘美

定価はカバーに表示してあります。　◇◇◇



●お問い合わせ
https://www.kadokawa.co.jp/（「お問い合わせ」へお進みください）
※内容によっては、お答えできない場合があります。
※サポートは日本国内のみとさせていただきます。
※Japanese text only

ISBN 978-4-04-075212-9 C0193